老いてもいい、病んでもいい

「常識」を捨てたら
ラクになる

Kayama rika
香山リカ

新日本出版社

はじめに

冒頭から自分の話になってしまうが、私は池波正太郎の大ファンだ。小説も好きだがとくにエッセイがよい。仕事で失敗して落ち込んだり、友だちからのひとことで眠れずにいたりする夜など、昔の下町の暮らし、おいしいものや良い映画についてわかりやすい言葉で書かれた池波氏のエッセイを読み返すと、気持ちがゆるゆるとほぐれていく。

膨大な作品を遺《のこ》したこの国民的作家は、67歳で亡くなった。50代になるとエッセイにもさかんに老いの話が出てくる。池波氏の母方の祖父は56歳で世を去ったが、当時は、「だれしも、これを早死だとはいわなかった」そうだ。同じ年代になった自分をさかんに「おとろえたなあ……」と表現する。「人間の一生なんて、はかないものだな……」と振り返ることもある。

しかし、池波氏はそれ以上、決して悲観的にはならない。エッセイから引用させてもらおう。

「だが、人間はうまくつくられている。

生死の矛盾を意識すると共に、生き甲斐《がい》をも意識する……というよりも、これは本能的に躰《からだ》で感じることができるようにつくられている。
たとえ、一椀《ひとわん》の熱い味噌汁を口にしたとき、
(うまい!)
と、感じるだけで、生き甲斐をおぼえることもある。」(「食について」、『日曜日の万年筆』、1984年、新潮文庫)

振り返ればもう35年以上、医者として数々の患者さんに出会ってきた私だが、この箇所を読んだとき、「まさにその通り」と膝を打った。

家族を喪《うしな》い、ある女性が絶望のどん底で診察室を訪れたときのことだ。「もう死にたい」と訴える彼女にどう言葉をかけるべきか考えあぐね、診察室が重い沈黙に包まれているそのとき、クリニックの窓の外から「石焼きイモ～、おイモ～」という移動販売の間延びした音がきこえてきて、あろうことか私のおなかが「グーッ」と鳴ってしまった。

私があわてて「スミマセン!」と謝ろうとしたのと、女性が「プッ」と吹き出したのとは同時だった。

「先生、おイモ好きですか。私も好きなんですよ。おいしいですよね」

それから彼女は少し表情もゆるみ、家族への思いを涙ながらに吐き出して、その日の診療は終わった。

もちろん、彼女の悲しみが消えたわけではない。「生きていたくない」という気持ちも続いているだろう。ただ、そういう中でも「あ、石焼きイモだ！　おいしそう」とふと思ってしまうからだの感覚は、ひとに残っている。

人間は、意外にうまくつくられているのだ。

だからといって、すべてをからだまかせ、やりたい放題にすればよいというわけではない。いくつかのポイントをおさえ、気をつけるべきことは気をつけ、痛かったりつらかったりするときは医療にも頼りながら、でも最後の頼みは、「うまくつくられている人間なんだから、だいじょうぶ」という自分への信頼になるのではないか。

私はそう思っているのである。

これから、この「人間はうまくつくられているから、老いても病んでも心配しすぎない」という話をしていきたいと思う。

老いてもいい、病んでもいい——「常識」を捨てたらラクになる＊目　次

1章　「健康常識」にとらわれすぎていませんか？

〔1〕「ダイエット」は本当に必要なのか

☆ダイエットにこだわりすぎている人、いませんか

「過ぎたるは及ばざるがごとし」とはよく言ったものだ。

コロナ禍で家での料理に楽しみを見出《みいだ》した人もいれば、コロナ太りを解消しようとダイエットに打ち込んでいる人もいるだろう。

でも、どちらも楽しんだりやりがいを見出したりできているうちはよいが、「そうしなければならない」と思い始めるととたんにバランスが崩れる。そんな「やりすぎ」に警鐘を鳴らす本を読んだ。ぜひ、紹介させてほしい。

まずは、作家・生活史研究家である阿古《あこ》真理さんの『料理に対する「ねばならない」を捨てたら、うつの自分を受け入れられた。』(2021年、幻冬舎)。

タイトルからもわかるように、阿古さんは職業柄、当然、食べることや料理に強いこだわりを持っていた。基本的に、食事は手作り、材料は旬のもの、ふらりと外食なんてとんでもな

い。夫に「そうしなさい」と言われていたわけでもないのに、そんな〝決まり〟を阿古さんは自分に課していたようだ。

それが、30代半ばで思いもかけずうつ病になり、すべてできなくなる。おなかはすくが、買い物に行けない。料理もできない。ふつうなら「じゃ、出前かコンビニで」となるところだが、さまざまな〝決まり〟に縛られた阿古さんには、それ自体がとんでもなく苦痛なのだ。しかし、うつ病の治療の効果があらわれて少しずつ回復していくにつれ、「毎日、手作りじゃなくていいんだ」「近所で外食をしてもいいんだ」とこだわりから解放されていく。そして、本当の意味での食べる楽しさ、作る楽しさを手に入れ、いまではまた手の込んだオーブン料理などにもチャレンジしているという。

私は料理が得意ではなく、食へのこだわりもあまりないので、食事はとにかく簡単に短時間ですませるクセがついてしまった。とくに私が働いているむかわ町穂別は、夜、気軽に外食できる店がまったくなく、食材を売っているお店も2軒のみ、それも午後7時には閉まってしまう。1日おきに当直があるので、その日は診療所で患者さんと同じ夕食を食べ、そうでない日は、家で買い置きのそばやパスタを簡単にゆでて食べるか、地区に1軒のコンビニで買ったパンを食べるか（お弁当は夕方には売り切れてしまう）。「毎日手作りじゃなきゃ」という〝決まり〟で生きている人から見たら、およそ信じられないような手抜き食生活だろう。でも、とにかく料理に関する「ねばならない」からは解放されている。

そして、もう一冊は、人気インスタグラマーだった著者が過酷なダイエットを始めてからやめるまでを描いた『ぜんぶ体型のせいにするのをやめてみた。』（竹井夢子、2021年、大和書房）。若者向きの本ではあるが、シニア世代が読んでもおおいに共感できるはず。この著者もまた、「体重を落とさなきゃ」というこだわりにとりつかれ、「チーズを食べてはいけない」「1日30分以上の有酸素運動をしなければならない」といったさまざまな〝決まり〟にしばられて日々を生きる。

しかもこの著者の場合、そういったダイエット生活の様子をイラストにしてインスタグラムに投稿することによって、フォロワーが増え、「楽しみにしています」「かわいい」といった肯定のコメントがたくさん寄せられる、という〝成果〟も得られた。そうなると、ほかの話題を投稿したりダイエットを中断したりするわけにはいかなくなる。

著者はこう書いている（「プー子」というのはアカウント名だ）。

「私の自己肯定感はプー子により形成され、プー子が存在するインスタに依存してしまったのです。

投稿に寄せられる『いいね！』や『保存』の数は、ただの数字に過ぎないのに、自分の価値のような気がして、そればかりを求めてしまいました」

手段がダイエットではなくても、同じ状態に陥っている人は大勢いるだろう。「料理は手作りで」の阿古さんは自分の中の〝決まり〟にこだわっていたのだが、「プー子」の場合の〝決まり〟は、何万人ものフォロワーからの期待にこたえなければ、という外部との関係へのこだわりだ。そうなると、自分ひとりの決意だけではなかなかやめられなくなる。

結局、この著者は恋人の支えもあって少しずつダイエット生活から抜け出していけるのだが、診察室にはそれができないまま拒食症と過食症を繰り返す人たちがやって来る。その人たちは、「いまの体重だけが私の自信。これで体重が増えたらなにひとつ自分の支えになるものがない」と決まって口にする。私はそういう人には、「では、いまは拒食や過食を治そうとは思わないようにしましょう。それはいったんカッコに入れておいて、そのほかに楽しめそうな趣味やできそうなボランティアを探しましょうよ」と話すことがある。ダイエット生活以外に〝居場所〟や〝足場〟が見つかることで、「ダイエットだけが私のよりどころ」というこだわりを手放せるはず。それを狙ってのことだ。

とはいえ、一度ダイエットが成功した人ならわかると思うのだが、体重計に乗って「３キロ減ってる！」と思ったときに匹敵するような快感は、ほかのことではなかなか得られない。趣味やボランティアで得られる「私はここにいていいんだ」という自己肯定感は、もっとじんわりしたものだからだ。もちろん、その方が長続きするのだが、体重計に乗るときのスリル、そして前より減った数字が表示されたときの「やった！」という鋭い喜びの感覚には、麻薬か何かのような作用があり、それを断ち切るのはむずかしい。そして現在は、「プー子」のようにそれをSNSに書くことでつく何千、何万という「いいね！」がさらなる快感を生む。

——こだわりや自分の〝決まり〟がある人が、そこから解放されるのは本当にむずかしい。

この2冊の本を読んでそう思いながら、ふと「私は何かにこだわっているのだろうか」と我が身をふり返ってみた。実は私自身、「これだけは」というこだわりがほとんどなく、むしろそれが自分の欠点だと思ってきた。それどころか「こだわりを持って生活できる人はうらやましい」とさえ思い、いつも「私も今度こそはこだわれる何かを見つけたい」といろいろ手を出してみるのだが、いっこうに長続きしない。

逆にここまでこだわりがないからこそ、50代半ばになってから始めた総合診療科での再研修で、自分のほぼ半分くらいの年齢の〝先輩医師〟たちに「このカルテの書き方、間違ってますよ」などと注意されても、「あ、すみません。気をつけます。教えていただいてありがとうございます」とすぐに謝ったり感謝したりもできたのだろう。当時、同世代の知人に話したら、「よくそんな年下の医師たちにペコペコできるね」とあきれられたが、そういうのはまったく平気なのである。

☆「メタボ」の影にある社会的な問題

おなかポッコリ。
体重増加。
メタボ。

これらのことばと一生、無縁という人はまずいないはずだ。大昔は「枯れた老人」という表現もあったが、高齢になればからだの基礎代謝も下がり、むしろ太りがちになる人が多い。「あまり食べてないのに体重が増えた」「一度ついてしまった皮下脂肪がなかなか落ちない」という経験をしている人も多いのではないか。

「よし、じゃあダイエットでもするか」と雑誌の特集やネット記事を探すと、たいていはこんなことが書かれている。

「ダイエットに大切なのは、食べる量を極端に減らすことではありません。もちろん食べすぎはいけませんが、食事の量を大幅に減らすと必要な栄養が摂《と》れず、筋肉が落ちてさまざまな健康障害が起きてしまいます。

それを防ぐためにも、週3～4回の運動と高タンパク質ダイエットを組み合わせることがおすすめです。そうすることで、筋肉量を維持しながら健康なからだで減量することができるでしょう。大切なのは、運動とタンパク質を充実させた食事。これが効果的かつ健康的なダイエットの秘訣《ひけつ》です」

とくに65歳以上では最近、特別な疾患や検査異常がないにもかかわらず、身体の機能が低下する「フレイル（虚弱）」と呼ばれる現象が問題になっている。このフレイルのいちばんの原因は「加齢」、つまり年を取ることであり、これ自体は防ぎようがない。またのちほど述べたいが、私自身はどちらかというと「年を取れば弱くなるのはあたりまえ」とも考えており、なんでもかんでも「あ、フレイルが起きた！」と騒ぎすぎるのはよくないと思っている。

ただ、このフレイルの中にも、一部ではあるが「避けられるフレイル」「元に戻せるフレイル」があるのも事実だ。私はいま、高齢者が多い地域で医者として働いているが、80代後半どころか90代でも、食事や生活をちょっと改善するだけで「先生、また元気が出てきましたよ。家から出て畑仕事や山菜採りに行けるようになりました」とフレイルから脱却できる人もいることがわかった。すべてのケースで「もう年だから」とあきらめることはないな、とも実感している。

さて、このフレイルのいちばんの原因は「加齢」だとされている。

「年のせいだからね」と言えばだれもが納得するが、よく考えると、どうして年を取るだけでからだが動きづらくなるのだろう。体力は落ちても、家の中を動いたりちょっと散歩に出たりするくらいはできるはずではないか。

実は、このフレイルにはさらに原因がある。

それが「サルコペニア」だ。

「またカタカナか」と思う人もいるだろうが、しばらくおつき合い願いたい。この「サルコペニア」とは、加齢による筋肉量の減少および筋力の低下のことを指す。そう、年を取るとからだの筋肉が落ちる。それがからだを動かせない、動かすのが億劫《おっくう》だ、というフレイルを引き起こすのである。

「よし、では筋肉が落ちないようにすればいいんだな」と思うかもしれないが、これがなかなかむずかしい。現時点で効果的なのは、「運動と食事」と言われている。

「運動」と言っても有酸素運動ではなく、椅子からの立ち上がり動作や太ももの上げ下ろし、いわゆるスクワットなどで足の筋肉が衰えないようにする運動が有効だ。もちろん散歩などもよいが、足を引きずるようにズルズル歩くのではなくて、少し手足を大きく動かしながら歩きたい。

そして、運動と同じくらい重要とされるのが「食事」だ。この「食事」のコツはとてもシンプルで、「タンパク質の摂取」に尽きる。筋肉を作り維持するために必要なタンパク質を、とにかく食事でしっかり摂る。「健康のためにダイエットをしているからおかゆだけにしている」

などという人は、体重は落ちてもタンパク質不足で筋肉がやせてしまい、サルコペニアに陥り不健康になった、という皮肉な結果が待っているかもしれないのだ。

ところがいま日本では、この「タンパク質の摂取」でたいへんな問題が起きている。

日本人のタンパク質の摂取量は、１９５０年代と同水準にまで落ちているというのだ。この問題を取り上げた「日経電子版」（２０２３年2月9日付）によれば、２０１９年の１日のタンパク質摂取量平均は70グラムほどで、戦後初期の頃と同じくらいにまで落ち込んでいる。これは国の推奨値は超えているものの、良好な健康状態を維持するのに必要な目標値には届いていないのだそうだ。

サルコペニア対策としては、高齢者でも「1日で体重1キログラムあたり1・2〜1・5グラム程度のタンパク質摂取が必要」とされている。体重50キログラムなら毎日60〜75グラムだから日本人の平均摂取量でだいじょうぶそうだが、体重60キログラムとなると必要なタンパク質は72〜90グラム。いまの平均摂取量ではやや足りないということになる。

そして、ここで忘れてはならないのは、高齢者でもタンパク質70グラムでは足りないかもしれないのだから、若い人ではもっと足りないということだ。タンパク質は、主に肉、魚、大豆、卵、乳製品などに豊富に含まれているが、高齢者ばかりではなく、若者や中年の中にもこれらの食品を摂る量が少なすぎる人が大勢いるようなのだ。

これはいったいどういうことなのだろう。

誰もがすぐに思い浮かぶのは、「肉や魚は高いから」ではないか。そして、その考えはあながち間違いではないようなのだ。

少し前のデータになるが、2014年度にメタボ健診を受けた人の結果を分析した結果、生活保護（生保）を受けている男性では、その32・7％がメタボリックシンドローム（メタボ）と判明した。生保受給者ではない男性の〝メタボ率〟は21％だから、それに比べると大幅に高くなっている。

この結果だけを見て「生活保護なのに肥満傾向にあるなんて、よほどぜいたくをしているのか」と誤解する人もいるかもしれないが、それは違う。分析を行った厚労省の担当者も「食事が安くて高カロリーのジャンクフードなどに偏っているとみられる」とコメントしている。

先に述べた高齢者のフレイルやサルコペニア予防だけではなく、最近、「糖質制限食」や「ケトン体食」など炭水化物を減らしてタンパク質を多く摂る食事がダイエットにも健康維持にもよい、と書かれた本などが書店に並んでいる。医師や栄養士たちも肥満や糖尿病に悩む人に積極的にこれらの食事を勧めているようだ。

ただ、こういった食生活にするには「お金」と「時間」が必要だ。

必要なカロリーをタンパク質中心で摂ろうとするとステーキや焼き魚などを大量に用意しな

ければならず、一食あたりの食費が膨れ上がる。また、簡単に食べられるおにぎりや立ち食いそばはご法度になるので、ランチにも相当の時間がかかる。その反対に、安くて簡単におなかがいっぱいになるのは甘いパンやスナック菓子だ。その結果、生活費を切り詰めている人、ブラック企業などで働き食事の時間がほとんどない人が高糖質で肥満に、ということになる。

それに、短い休み時間にパンやおにぎりで食事をすませなければならない人に「運動のためにジムに行きましょう」などと言っても、「そんなお金も時間もない」と言われるに違いない。

生活保護でメタボという人たちには、栄養や健康に対する正しい指導を行うとともに、「安くてヘルシー」な食事が摂れるような仕組みの整備も必要なのではないか。

また、生活保護ではなくても、このところの食料品の値上げなどで、「高い肉や魚、チーズなどは買えない。スーパーの安売りのピザやパスタ、パンやお弁当などの炭水化物製品に頼りがち。炒めものの食用油も〝からだによい〟とされるものは高額なので買い控えてしまう」という人も増えているだろう。

「フレイルやサルコペニアにならないよう、良質のタンパク質をたくさん摂りましょう」といくら行政や学者が言っても、そうできないような状況ができあがりつつあるのだ。

「ぜいたくをしている人が太る」という時代は終わった。いまや「貧しい人ほど太る」、そして「困窮している人ほどタンパク質不足になる」という時代が来ているのだ。そのことをぜひ多くの人に知ってほしい。

そして、その中で少しでも大豆や卵、乳製品、もちろん魚介や肉などのタンパク質を食事に取り入れられるよう、いろいろと工夫してみたい。私自身、「今日はあっさりとおかゆにしようかな」というときもあるが、スーパーの特売デーで買っておいたチーズや花がつおを混ぜ込むなどして、「値上げに抗《あらが》うタンパク質食」を心がけるようにしている。

(2)「やめてみる」ことでラクになれる

☆クスリの飲みすぎをやめてみる

なんでもやりすぎはよくない。

健康の秘訣はこれに尽きる、と最近考えている。

東京のある自治体のワクチン接種会場で問診を担当したとき、高齢の接種希望者に服薬している薬はあるかときくと、ほとんどが「飲んでます」と答えたのには驚かされた。多くの人は「お薬手帳」を持参し、そこに貼られた処方の記録を見せながら「こんな薬を飲んでいるのですが、接種はだいじょうぶですか」と質問する人もいるのだが、とにかくその種類や量がものすごいのだ。

新型コロナのワクチンでは、降圧薬や糖尿病薬、抗がん剤などほとんどの薬は接種に影響なく、注意が必要なのはいわゆる「血液をサラサラにする薬」だけであった。それを飲んでいるとワクチン接種後に出血が止まりにくくなることがあるので、「2分間以上しっかり押さえておいてください」と伝えることになっている。「血液をサラサラにする薬がないなら問題ないですよ」と伝えても、多くの高齢者は心配そうに「血圧の薬に逆流性食道炎の薬、それに不眠の薬、コレステロールの薬、骨粗鬆症《こつそしょうしょう》の薬も飲んでいるのですが」とお薬手帳を差し出す。私は「問題ないですよ」と言いながら、こころの中で「ワクチンへの影響よりも、そもそもこんなに服薬していることの方が心配です」とつぶやいていた。

いま日本の医療では「ポリファーマシー（多剤併用）」が大きな問題になっているが、とくにビタミン剤、胃腸薬、抗コレステロール薬などの中には〝不要不急〟を考えられる薬もあり、また漫然と抗うつ薬や睡眠導入剤が処方されていたり、予防的な意味で抗認知症薬が出ていたりするケースもある。日本老年医学会からのガイドラインでは、薬は6種類以上になると、効果よりも有害事象の方が大きくなるとされており、分解する内臓の負担が増え転倒のリスクなども高くなる。医師向けの本である『薬の上手な出し方&やめ方』（矢吹拓・編集、２０２０年、医学書院）は、ベテラン内科医の編者と若手医師たちの対話形式でポリファーマシーの危険性や処方の減らし方が解説されるユニークな解説書だが、その中の「薬は死ぬまで飲み続けるのか⁉」という章にこんな箇所がある。

「山本　矢吹先生の『死ぬまで飲む薬』の候補は？

矢吹　患者さんにも聞かれるんですよね。例えば『血圧の薬って1回飲み始めたら、死ぬまで飲まなきゃいけないんですよね？』って。

個人的には、『死ぬまで飲まなきゃいけない薬はないんですよ』と答えています。やはり、最後は患者さんの価値観次第かな、と思うんです」

矢吹氏は、とくに高齢の患者さんにとって薬は「この薬さえ飲んでいれば」という〝魔除けの効果〟をもたらしている場合もあるので、一概に「飲んでもムダです、やめましょう」と処方をストップするのはいけない、とも言っている。とはいえ、服用することで明らかに肝臓や腎臓に負担をかけたり、転倒のリスクが上がったりして、結局は余命が短くなるということもある。また、一定の効果は出たとしても、からだがだるくなったりぼうっとしたりして寝たきりですごすのでは意味がない。

ワクチン接種会場で、「現在、何らかの病気にかかって治療（投薬）を受けていますか」の項目の「いいえ」にマルをつけて出す高齢者は、私の経験では20人にひとりくらいだ。中には80代、90代でも「いいえ」の人がいるが、彼らはみなとてもハツラツとして見える。短い問診時間だが、そういう人には「すごいですね。健康の秘訣は？」と質問することにしている。すると、そこで返ってくる答えのほとんどは、「とくに何もない」なのである。せいぜい記憶に残っているのは、「庭仕事をすることですかね」「孫が肉が好きなので一緒に食べることかな」くらいだ。

──そうか。やっぱり通院や薬にこだわらず、自分の健康維持にさえ無頓着で、そのときどきやりたいことをやって生きる方が、健康によいのだ。

おかしなところで、自分のこだわりの希薄さを正当化している最近の私だ。とはいえ、医療の現場では、この「薬の出しすぎ、まじめに飲みすぎ」のポリファーマシーの問題には少しこだわってなんとかしなければならない。そうも思うのである。

☆「自分らしさ」へのこだわりをやめてみる

有名人の闘病記はめずらしくなくなったが、その中でもひと味違っていたのが、漫画家・内田春菊さんのコミックエッセイ『がんまんが──私たちは大病している』とその続編の『すとまんが──がんまんが人工肛門編』（以上２０１８年、ぶんか社コミックス）だ。これには、内田さんが大腸がんと診断され、抗がん剤治療のあと手術を受け、さらに人工肛門を装着して生活する日々が、とても率直につづられている。しかも医学的な検査や治療の描写もとても正確で、大腸がんについて正しく知りたい人にとってもおすすめだ。

女性の大腸がんは増えており、いまや乳がんに続いて多いがんとなっている。しかし、初期症状があまり目立たないので気づかれにくい。

内田さんの場合も、ちょうどダイエットをしていたので、体重の減りや便秘は「食生活が変わったため」と思っていたそう。男性の場合、急にやせるとまわりが「病気じゃないの？　検査を受ければ」と心配するが、女性では内田さんのように「ダイエット成功、うらやましい」などと言われ、病気の発見が遅れる場合がある。

さらに、トイレに行くと出血するようになったが、それも内田さんは「痔《じ》になった」と考えた。心配性の人はちょっとした不調でも「がんかも」と不安になるが、逆に内田さんのようにバイタリティあふれる人は「私が大病するわけはない」と前向きにとらえすぎ、やはり検査に行くタイミングが遅れることも少なくないのだ。

いったん大腸がんとわかってからは、内田さんはとても現実的に行動を始める。4人の子どもたちにも事実をしっかり伝え、入院に備えて仕事を前倒しで片づけ始める。「どうして私がこんな病気になるのか」などと考えすぎず、事実をしっかり受け止める。これもとても大切なことだ。

このようにがん患者としては100点満点の内田さんだが、それでも気持ちが揺れる場面がある。検査を担当した医者は「一刻を争います」と告げながら、自分も怖いのか、内田さんの顔を見ることもない。子どもたちにがんだと話すと、二女が心配そうに「死なない？」ときく。もちろんそういうときには自分も怒りや不安も感じるが、作品にはそれも隠さず描かれている。

内田春菊さんといえば、『南くんの恋人』（1987年、青林堂）など漫画家として大ヒット作を量産しながら、結婚や離婚を経てシングルマザーとして子育てに奮闘し、同時にミュージシャンや舞台俳優、小説家としても活動、というまさにスーパーウーマンのような女性である。自由奔放に見える一方で手芸などの繊細なハンドメイド作品も得意で、誰もが「こんな風に生きてみたい」とあこがれるような存在だ。

その内田さんが、病気になり感情が揺れ動くのを読むのはファンにとってもかなりつらい。「内田さんらしくない」と思う人もいるかもしれない。

しかし、よく考えれば、生きていれば誰でも病気にかかることがあるのだ。いざ自分の身にそれが起きると、どんなに才能があっても活躍していても、うろたえたりなげいたり、ときにはまた少し前向きになったりする。それでいいのだ、それであたりまえなのだ。内田さんの闘病マンガはそのことを教えてくれる。

内田さん自身、いつも華やかで世の中の最先端にいる存在という、それまでの「内田春菊らしさ」をこれらの作品で一度、手放したことで、もしかしたらより自由になれたのではないか。その後も、創作や出演などマイペースで活動を続ける内田さんを見ながら、「自分らしさを一度、手放すことで、より自分らしくなれるのでは」などとも思うのである。

病気は避けたいが、もし病気になってしまったら、それをきっかけにそれまでの「自分らしさ」へのこだわりをやめてみる。そんな道もありそうだ。

☆「若さへのとらわれ」をやめてみる

何年か前、週刊誌の芸能ページを眺めていたら、小柳ルミ子さんがサッカー解説者としても活躍しているという情報が出ていて驚いたことがあった。

私の世代にとっては「瀬戸の花嫁」など日本情緒をしっとり歌い上げる名歌手のイメージが強いルミ子さんだが、その後、得意のダンスを磨き、70代を迎えるいまも歌と踊りのショーで人気だときいていた。記事によると、ルミ子さんがサッカーに目覚めたのはもう15年ほど前で、いまではネット中継などを利用してなんと年間２０００試合を観戦、記録ノートも１００冊を超えるという。

50代になってから新しいことをはじめ、60代になってからその道のプロとしてデビュー。そんなことができるのだな、とちょっと感動した。

それ以来、ルミ子さんが解説者として登場するサッカーのテレビ中継を見たり、サッカー関連のトークイベントの記事を読んだりしているのだが、最近は外見もとてもスポーティブだ。昨年サッカーの試合を観戦する直前にインタビューを受ける写真を見たのだが、髪はショートカット、ジーンズにTシャツというとてもラフなスタイルで、もちろん若々しくてはつらつとはしているが、無理に若く見せよう、不自然にキレイに見せよう、という感じがまったくなかった。自分の見た目よりもサッカー観戦を優先しているのだろう。

雑誌などには、「いつまでも若く美しく」といったトーンの特集がいまだに少なくない。あるとき、ファッション雑誌の編集者と話していたときに、「私たち、読者に〝いつまでも若く、いつまでもキレイで〟と強要してませんかね」と質問されたことがあった。読者にはまじめな人が多く、「いくつになっても老けてはいけない」「これが究極のアンチエイジング」などと雑誌に書かれた通りに美容法やダイエットを実践しているのだが、中には「もっとやらなきゃ」と自分を責めたり疲れたりしている人もいるのだそうだ。

年齢にこだわらず、いつまでも新しいことにチャレンジする生き方がよいのか。それとも、年齢に逆らわず、あまり無理をしない生き方がよいのか。高齢化社会と言われているが、その答えはまだ出ていない。「ほどほど」がよいとはわかっていても、それもまたむずかしい。ただ、自然の流れに逆らってまでも「若くありたい、老いたくない」とあがき続けると、逆にそのことによりエネルギーが奪われ、思わぬ疲れや健康への被害が起きることもある。

私としては、いつまでも新しいことに挑戦するルミ子さんにあこがれつつも、彼女の「流れには不自然に逆らわず、やりたいこと優先で生きる」という路線も見習いたいな、となんとなく思っている。

あなたもそろそろ、「若さへのとらわれ」をやめてみませんか?

髪を染めるのをやめてもいい。
からだを締めつける補正下着をやめてもいい。
外に出るときはメイクをしなきゃ、と思うことをやめてもいい。
もっと自分に正直に、自分をいたわりながら生きていきたいものである。

２章　生身の人間に向き合う

〔1〕歯科、口腔外科、のどからも

☆かみ合わせがおかしい

メンタル科の外来には、ときどき歯科や口腔《こうくう》外科から紹介されて患者さんがやって来る。歯の痛みや口腔内の乾燥あるいはねばつきを訴える人もいるが、いちばん多くを占めるのは「かみ合わせがあわない」という悩みだ。「あれこれかみ合わせを試しているうちに、どれが自分の本来のかみ合わせだったかわからなくなってしまった」と言う人もいる。

さらに、この人たちのほとんどはメンタル科を紹介されたことに不満を抱いている。「かみ合わせがおかしいのですから、原因は歯か顎にあるはずです。それなのに口腔外科の先生がメンタルの専門医に診てもらえと言った。私は心や精神はおかしくないのです」。そう話す人に「そうですよね。でもストレスや不眠など、思わぬ原因がかみ合わせにも影響をもたらしていることがありますから、一緒に考えましょう」と伝えて治療に導入するのは簡単ではない。

ここでまずわかってもらいたいのは、不調に苦しむ人は、たとえ心因性のものであることが濃厚であったとしても、内科や婦人科、あるいは耳鼻科や口腔外科、歯科など身体を専門とする科を受診して、ハナから「それはメンタルから来てるんですよ」などと言われると二重に傷つく、ということだ。もちろん、メンタル科がほかの科より下だとか特殊だと言うつもりはない。ただ、最初の段階でそう言われてしまうと、その人は「そうか、この科では相手にしてもらえなかった」「精神に問題があると思われてしまった」と症状とはまた別に傷つくことになる。それが「かみ合わせ」などの症状に悪影響を及ぼすことは言うまでもない。

だから、内科などの医者は、もし「この不調はたぶんメンタルからだな」と思っても、少なくとも初診では十分にそれぞれの科としての診察やひと通りの検査も行い、きちんと評価してほしいと思う。もちろん、放射線被曝《ひばく》などリスクのあるレントゲンやＣＴ検査もどんどんしてほしいと言うつもりはないが、はじめの段階で「丁寧に診てもらった」とホッとして、医療に信頼感を持てるかどうかが、その後の治療のゆくえを決めるといってもおかしくない。

さて、ここで今回の本来のテーマである「かみ合わせがおかしい」という問題に戻ろう。

歯科や口腔外科的に異常が認められず、一般的な咬合《こうごう》調整を行っても改善が認められないような咬合異常感は、医学的には「Phantom Bite Syndrome（PBS）」と呼ばれている。「Phantom」とは「幻影」。ここで感じているかみ合わせの違和感は、実際には「幻影＝思い込み」でしかないということだ。

では、「それ、あなたの思いすごしですよ、どこもおかしくないですよ」ですべてが解決するのだろうか。それも違う。

実は最近、歯科学の分野ではこれまでのような「気の持ちよう」という考えが変わりつつあるのだ。東京医科歯科大学で歯科心身医学を専門とする豊福明教授の論文から紹介しよう。少し専門的だが、ゆっくり読めば誰にでもわかることが書かれている。

「咬合に関する自己認識（表象）は脳内で作られ、生涯にわたり歯の接触による影響を受けるが、歯科治療や咬耗《こうもう》（注・歯のすり減り）などによる変化の度に、中枢神経系に新たな情報が送られ、表象が更新される。ＰＢＳ患者の場合、この表象がわずかな変化にも適応することが難しく、適切な咬合を認識できなくなるのではないか」（「種々の身体的不調を『咬み合わせが原因である』と訴えて来院した患者の対応について」、日本歯科医師会雑誌、Vol.74、№11、２０２２年2月）

つまり、かみ合わせの異常は口腔内の問題でもただの思いすごしでもなくて、「脳の中にでき上がってしまった間違った咬み合わせの認識」によるものではないか、ということだ。「どこもなんでもない」ではないのだ。

だとするならば、歯科や口腔外科などであちこち削ったり詰めたりすれば、脳内の認識はさらに混乱に追い込まれるだけだ。でも、だからといって、「はい、これはストレスで脳が混乱しているんだからメンタル科でクスリでももらって」とすぐに紹介状を書くのが必ずしも正しいとは言えない。

この場合、何より大切なのは、まず医者がこの仕組みを患者さんによく説明することだろう。つまり、「自動的に調整していたかみ合わせを、脳がちょっとしたきっかけで忘れてしまい、こうだっけ、いやああだっけ、と混乱している可能性がある」という理屈を、わかりやすく話して理解してもらうということだ。

これは、臨床の場では「患者教育」「心理教育」とも呼ばれるプロセスだが、残念ながら日本の医療ではそれが十分に行われているとは言えない。とくにある世代より上の医者の中には、「シロウトに言ってもわからないだろう」とほとんど説明なしにクスリだけ処方、という「怖いが頼りになるお父さんタイプ」がまだまだいる。

一方、きちんと説明を受けて理解ができれば、医者は「かみ合わせがおかしい」という患者さんに次のようなアドバイスをすることもできる。

「そういうわけだから、あなたに必要なのは、脳が少しリラックスして、もともとのかみ合わせを思い出せるようにしてもらうことです。それは歯科ではなくてメンタル科が得意としているので、あとはメンタル科の先生にそのコツを教えてもらいましょう」

ただ、先に紹介した豊福教授の論文には「例外もある」と率直に書かれていた。歯科で「どうしてもかみ合わせを調整してほしい。歯を削ってほしい」などと言い続ける患者さんに対して、「あなたの場合、歯の問題ではなくて脳の認識の問題なんですよ。歯を削れば治る、なんていうエビデンス（医学的なデータによる裏付け）はないんです」と拒否しきれないこともある、と言うのである。いまは患者さんもネットを駆使して情報を探し、「こういう歯科治療でかみ合わせが改善した」といったブログなどを見つけてきて、「ぜひこれと同じことをやってほしい」と言うこともある。その場合、どうすればよいか。やや医療関係者の内輪話めいてしまうが、とても興味深いので再び論文から2か所を引用させてもらおう。

「臨床というのは、いつも強固なエビデンスに基づいて実施できるとは限らず、むしろ不確実な状況下で判断する難しさと責任を負わされることが多いものである。絶対の保証がない判断や処置を引き受けざるを得ない時は、患者にもそのリスクを分担してもらうしかない」

「過度なエビデンス主義は思考停止につながり、歯科臨床を萎縮させ、治療学の発展を阻害し、救える患者を切り捨てることになる」

つまり、丁寧に説明をしても、「先生、この人のブログ、見てください。こういう治療があるらしいんです。私にもぜひこれを」と言う人に対して、「そんなのエビデンスとは言えない」と切り捨ててよいのか、違うだろう、ということだ。もちろん、それにともなうリスクや成功の可能性は保証できないことを説明した上で、「よし、では一度だけやってみますか」と踏み切らなければならないこともあるかもしれない。それが「その患者のための最善なのか」こそ医師や歯科医師の治療選択の判断基準となる、と豊福教授は言う。

私もそう思う。生身の人が相手の医療現場は、「エビデンスがすべて、ガイドラインがすべて」では決してない。すべてを経験やカンに頼るのは間違っているが、患者さんの意見や主張に賭けてみるべきことも時にはあるのだ。そして、まれにであるが、その治療が功を奏するという〝奇跡〟が起きる場合もある。

こういったチョイスができなければ、医者はＡＩ（人工知能）に置き換えられてもいいはず。「相手も自分も生身なのだ」ということを忘れてはならない。

☆のどが詰まる感じがする

のどがおかしい。詰まった感じがする。違和感がある。今回と次回はそんな症状について考えてみたい。

「人間は生身」という話を先にしたが、それは単に「その場その場で変わる」というだけの意味ではない。「れっきとした生きもの」、つまり生物学的な存在という意味でもある。

そのことに異論を唱える人はいないだろう。医療の仕事の多くはその前提の上に行われる。

さらに現在では人間の遺伝情報である「ゲノム」のすべての解析も終わり、多くの疾病が遺伝子により発症したり抑制されたりしていることも私たちは知っている。科学ジャーナリスト、リチャード・ドーキンスがその著書『利己的な遺伝子』(1991年、紀伊國屋書店)に「人間は遺伝子の乗り物にすぎない」と記して世界に衝撃を与えたのは1976年のことだが、いまそれを聞いても若い人たちは「まあ、そんなものじゃないの」と言うのではないだろうか。

しかし、「人間は生身」というのは、「人間は心理学的な存在でもある」という意味も含んでいる。

いや「心理学」という言葉でも説明できないほど、感情的で非合理的な生きものだ。2001年1月26日、JR山手線の新大久保駅で、ホームに転落した男性を助けようと線路に飛び降りた韓国人の留学生と日本人カメラマンが電車にはねられ亡くなった。その後、留学生の両親は「日韓の架け橋になりたい」と日本語を学んで学生たちと交流したり見舞い金を元に奨学金を設立したりした。この留学生や両親の行動は、「遺伝子の自己保存」などでとても説明できるものではないだろう。

このように「生物学的でも心理学的でもある生身の人間」が、あちこちを痛め、あちこちに病を持ち、「患者さん」として医者の前にやって来る。考えてみればこれはたいへんなことだ。

たとえば、「胸が痛い」と訴える人がいたとしても、その胸痛の原因は狭心症かもしれないし失恋の痛手かもしれないのだ。「からだの問題、つまり器質的疾患とはっきりしている場合だけ受診してください」と内科クリニックのホームページに書いておいても意味はない。逆にメンタル科のクリニックが「器質的疾患はないとはっきりしている場合だけどうぞ」とうたうのも同じだ。「のどがおかしい」という症状は、この複雑な人間の性質のまさに象徴なのではないかと思う。

精神分析学の祖・フロイトの最初の本格的な症例報告である「症例ドラ」は、呼吸困難や咳、さらには失声とさまざまな咽頭《いんとう》、喉頭《こうとう》の症状に悩まされていた女性だ（『あるヒステリー分析の断片―ドーラの症例』、2006年、ちくま学芸文庫）。いまなら胸部CTを撮ったり、喉頭ファイバースコピーで喉の様子を観察したりするのではないか。もちろんコロナPCR検査もするだろう。

しかし、フロイトはそうすることはせず、ドラにさまざまな質問を投げかけて話を聞き、さらにはドラの夢の話までをもきいてその解釈を行った。フロイトは言う。「口を閉ざす者は指先で語り、体中の毛穴からは秘密が漏れ出てくる」、つまりこころの奥底、無意識の世界に押し込めた心理的葛藤は、転換されて身体症状として現れ出てくるのである。

フロイトは、こうやって葛藤が転換されて身体症状として顕在化することで、患者自身は実は「不安の軽減」というメリットを得ているとも述べ、それを「一次的疾病利得」と名づけた。もちろん、患者自身は最初からその利得目当てで身体症状を生んでいるのではなく、症状はあくまで、本人を破滅に追い込みかねないほどの葛藤を回避するための〝緊急避難措置〟なのだ。またそれはあくまで無意識の領域で起きていることなので、いきなり「あなたは葛藤を避けるために咳や失声といった身体症状を表出させているだけなんですよ。からだは何ともありません」などと言ったところで、なんの解決にもならないばかりか、患者さんは傷つき悲しむだけだろう。

もうだいぶ前になるが、とある皇族女性が「お声を失ったこと」があった。宮内庁病院でくわしい検査を受け、のどなどに急を要する疾患がないことはわかった。その皇族女性に対しては当時、マスコミが激しいバッシングを繰り広げていた。その中には、ここまでわかるわけはないだろうと誰もが思うようなプライベートな会話を取り上げたものもあった。しかし、皇族という立場上、反論もできない。国民は「お声が失われたのはこういったバッシングをストレスに感じてのことだろう」と察知し、深い同情を寄せ「ゆっくり休んで」と願った。それまで批判的だったマスコミも、さすがに言いたい放題の姿勢をやめていった。おそらくフロイト的な精神分析を受けたわけではなかったはずだが、時間が経過したことと周囲の姿勢が受容的なものに変わったことにより、それほど時を経ずして「お声」は戻ってきた。これなどは、当事者を追い込むことも苦しめることもなく、「いつの間にか症状が消える」という形で改善していくという、ある意味、理想的な治療経過と言えるのではないだろうか。

もちろん、いくら精神科医であっても「では、あなたの無意識の葛藤は」などと切り込むのは容易ではない。とはいえ、のどのどこかに炎症やがんなどがある器質的疾患ではなさそうなので、それ以上の検査や治療はむずかしい。

そんなときはどうするか。実はそういうときこそ、東洋医学の出番なのだ。

咽頭や喉頭など「のど」の違和感、つまり感でよく処方されるのが、漢方の半夏厚朴湯《はんげこうぼくとう》だ。この漢方の説明には、「病院で検査をしてもとくに体に異常は見つからないのに、のどに何かつまった感じがする方」とはっきりターゲットになる症状が書かれているので、とても使いやすい。ただ、それにはちょっとしたコツがあると思う。「はい、じゃこれ飲んで」と処方するのではなく、きちんとこの薬がいまの症状にあったものであることを説明するのだ。

私がよくやるのは、漢方薬の一覧表などで患者さんにその箇所を示して「ほら、ここ見てください。対象のところに、はっきり〝のどのつまり感〟と書かれてるでしょう。あなたにピッタリあてはまりますよね。実はこれ、その症状の特効薬なんですよ」と説明することだ。それだけで「ホントだ！」と患者さんの顔が明るくなることがある。いわゆる「プラシーボ効果（薬効のないはずの薬が効果をもたらすこと）」を起こすという意味だけではなく、これだけでもその人にとっては、「そうか、私と同じ症状の人はほかにもいて、そのための薬も開発されているんだ」と自分が受け入れられたと安堵《あんど》し、リラックスし信頼して服用することで効果が期待できるのだ。

「あなたのような症状、けっこうあるんです。検査して何もなくても、症状はたしかにあるわけですしつらいですよね」といった言葉が添えられたら、もっとうれしいだろう。患者さんは、生活の中で「私は誰にもわかってもらえない」と苦しんでいることが多い。もし、「のどがおかしい」というのがその結果として起きているのだとしたら、せめてその症状の部分にだけでも光をあてて「わかってますよ。そして私だけじゃなくて漢方を作る人たちもわかってるから、こういう処方があるのです」と伝えてあげるだけで、「救われた」と思い、結果的にのどの症状も軽減するのではないだろうか。

わかってもらいたい。自分を受け入れてほしい。

こう思っているのは、何も「生きづらさを抱えた若者」だけではない。子育てに追われる若い親たちや会社でつらい仕事に耐える中年労働者、高齢者ももちろん私のような医療従事者も、みな「自分はわかってもらえてない」という疎外感を感じながら、つらい毎日をがんばって生きている。その結果、からだにいろいろな問題が生じることだって当然あるだろう。

わかっていますよ。あなたのこと、心配していますよ。

まわりの誰かにこう声をかけられる人が、医療現場にもそれ以外の場所にも、もっと増えることを願っている。

(2) こころの問題と直結している

☆「ストレス」と決めつけるその前に

この前の項で「のどの違和感」について話した。

のどの違和感やそれに基づく声の出しにくさは、精神分析の一丁目一番地とも言えるほど、こころの問題と直結した症状である。

作家の瀬戸内寂聴氏は、長年続けたラジオコラム「今日を生きるための言葉」の第１０３２回でこう言っている。

「『物言わぬは腹ふくるるわざ』と兼好法師が言っています。我慢して物を言わないと、お腹にわだかまりができ、毒素となります。我慢せず、ほどほどに、言いたいことは言いましょう」（ニッポン放送ＮＥＷＳ ＯＮＬＩＮＥ、２０１９年6月10日公開）

「物言わぬは……」は、言うまでもなく吉田兼好『徒然草』の一節だ。言いたいことを言わない、あるいは言えないと「腹がふくれる」と兼好法師は言い、さらにそれが「毒素となる」と寂聴氏は言う。精神科医ならこれを受けて、「その毒素があなたののどに違和感をもたらすのです」と言うかもしれない。

でも、「のどの違和感」という訴えを即、「何か言いたいことがあるのに言わずにいるのだろう」と心理的に解釈してしまうと、身体的な疾患の見逃しにつながる危険性がある。患者さん側もそうだ。あまりにストレスについて勉強しすぎて、「のどがおかしい。これはストレスだな」と思い込み、カウンセリングに通う前に決めつけてしまうこともある。

「なんだかのどがおかしい」「水や食べものの飲み込みが変」という訴えをきいたとき、医者としてまず考えなければならないのは「心因性以外の疾患の除外」であろう。そのためには、それが「嚥下《えんげ》（飲み込み）しなくても起きる症状」なのか、「嚥下直後からの症状」なのかを考えなくてはならない。前者であればそれは「口腔咽頭障害」と呼ばれ、そのあたりに炎症やがんがないかなどの検査とともに、胃と食道の境目に起きる逆流性食道炎や慢性副鼻腔炎からハナミズが鼻から出ずにのどの方にたれて炎症を起こす後鼻漏《こうびろう》なども考えなければならない。またそれが飲み込みの直後から起きているとなれば、食道の上の方の炎症やがんなども浮かび上がる。

ここでやっかいなのは、では患者さんは何科に行けばいいのか、ということだ。前者なら耳鼻科、後者なら消化器内科になるので、判断に困るだろう。それに患者さんは、「のどのおかしさは、ものを飲み込むときでなくても感じますか、それとも飲み込もうとしたときに詰まる感じですか」と尋ねられても、「どっちでしょう。そのときで違うような、どっちもあるような」とはっきり答えられないこともある。

ただ、だからといって「ほら、心因性だ」と決めつけるのは危険だ。以前、症例検討会で種々の検査で異常なし、画像を放射線科医に読影してもらったが「問題なし」という喉頭違和感のケースで、「やっぱり何かあるのでは」と研修医がさらに入念に所見を検討したところ、「甲状舌管嚢胞《こうじょうぜつかんのうほう》」というめずらしい良性疾患が見つかったという話をきいたことがある。これは医者側の問題だが、「何かあるかも」と最後まで調べるのも大切なのだ。ちなみにこの「甲状舌管嚢胞」は小さな袋のようなものなので、それに細い針を刺して吸引を行ったところ、「のどの違和感」はすぐに消失したというのだ。

最初から「女性……のどの違和感……ほかに目立つ所見はなし……まあストレス性だろう」とあたりをつけ、「何かストレスはありませんか」と尋ねると、だいたいの人は家族や仕事、お金のことなど何らかの心配ごとを話す。するとますます「やっぱりそれだ」となってそこに焦点をあてて話をきき、「これが効きますよ」と半夏厚朴湯などを処方する。しかし、もしそれが嚢胞によるものだったとしたら、その人の症状はいつまでたっても治らない。そんな場合もあるのだ。患者さんも検査なしで「ストレスですよ」と言われたら、「本当ですか」と食い下がってもよいと思う。

また、これは私自身が経験したケースだが、他の精神科でしばらく「心因性」と診断されて抗うつ剤などを服薬してきた男性がいた。実際にその男性には、まさに「食べものものどを通らない」となりそうな大きなストレスがあったのだ。私もこの人に精神科外来で会ったら「心因性の喉頭違和感」と診断しただろう。ところが少しずつ体重が減ってきて、その中でたまま私が相談を受ける機会があった。そして、念のために上部消化管内視鏡を受けてもらったところ、早期の食道がんが見つかった。ただ、消化器内科医によれば「この程度の食道がんでは嚥下障害まで起こるとは考えにくく、症状はやっぱり心因かも」ということであったので、実際のところどこまでが心因性でどこからががんによるものかはわからない。

最初に心因性としてつまり精神医学的な方向から光をあてるか、「絶対に器質的疾患が隠れているはず」という観点から光をあてるか、それを決定するのは意外にむずかしい。「その両方を忘れてはいけない」と言うのは簡単だが、人間の認知機能はふたつの方向から同時に診断推論を進めていけるほど便利にはできていない。最初に決めた方向性に引っ張られる「アンカリング・バイアス」という認知バイアスが起きて、ほかの可能性が見えにくくなってしまうのだ。

長年、精神科医として臨床に携わってきた私だが、現在は主にへき地診療所で内科を中心としたプライマリ・ケアに従事している。そして、週末に東京に戻ったときは精神科の外来にも従事している。「精神医学的視点を持ったプライマリ・ケア医、プライマリ・ケア医的視点を持った精神科医」としてやっていくのが目標だったが、同様の理由でそれもむずかしい。これは私の技能的問題なのかもしれないが、プライマリ・ケアの現場で「これは精神医学的な問題では」と思った瞬間に器質因が背景に退いて見えにくくなり、逆に精神医療の現場で「この人には器質的問題があるのでは」と思って検査などを指示すると今度は精神医学的なアプローチがお粗末になってしまいがちなのだ。

それを防ぐためには、精神科医と内科医などが別々に自分の専門的な観点から診察を進め、どこかの時点で推論したことを突き合わせて診断を決める、というのが理想だろう。しかし、そんなことができる医療機関はないだろうし、患者さん側からしても「内科医にまず会って、次に精神科医と話してください」と二度も初診の診察を受けなければならないのは負担だ。そうなるとやはり「精神科医的内科医」もしくは「内科医的精神科医」がひとりでふたつのアプローチをできれば同時にこなす、という荒ワザに出るしかない。

もちろん、「誰が見ても虫垂炎」「誰が見ても躁《そう》うつ病」などのときにも精神科医的視点、内科医的視点が必須だなどと言うつもりはない。というより、ほとんどの内科外来は内科医で、精神科外来は精神科医でことが足りる。しかし、この「のどの違和感」のようにまさに心因性と器質因性の十字路とも言える訴えの場合は、ふたつのアプローチが不可欠だ。人間は生身。何が起きているかわからない。これはいつでも忘れてはならない原則だ。

☆「ストレスはメンタル科へ」って正しいの？

先日、大学病院の総合診療科外来で経験したできごとだ。登場人物の個人情報がわからないように細部を変えて書いてみたい。ちなみに私は長期間、臨床は精神科でしか行ってこなかったが、へき地診療所の総合診療医になるため、5年ほど前から大学病院総合診療科でときどき外来診療を行わせてもらっている。いわゆるオン・ザ・ジョブ・トレーニング（現任訓練）であり、そのときによって専門医に鑑別診断などについて教えを乞うこともあれば、逆に私が研修医を指導することもある、という立場だ。

その日は卒後1年目の研修医に問診や身体診察を行ってもらい、そのあといっしょに診察をして診断を確定していく、ということになっていた。全身倦怠感《けんたいかん》などの訴えでやってきた若い男性が、地元のクリニックでひと通りの検査をしても異常がないとのことで紹介されて受診した。誰もがすぐに「心因があるのではないか」と疑うケースだと思うが、身体疾患の見逃しがあったらたいへんだ。研修医には、クリニックからの診療情報はいったん忘れて、一からきちんと問診、身体診察を行ってください、と伝えた。

30分ほどたって研修医は「やっぱりとくに所見はないようです」と報告してきたので、「ストレスはどうでしたか」ときくと「ちょっと特殊な仕事をしているようで、いろいろたいへんそうではありますが」と言う。「ではそのあたりにも焦点を絞りながら話をききますか」と患者さんを診察室に呼び入れた。

その男性は受診の３か月ほど前、新型コロナ感染症に罹患《りかん》しており、隔離期間が終わるとすぐにハードな生活に戻ったようだ。十分な回復を待たずにがんばりすぎたことが、かえって倦怠感が長引く要因になったのかもしれない。

しかし、そもそもなぜそれほど過酷な生活をしているのか。生活歴に話を向けると、子どもの頃からかなりたいへんな境遇で育ち、そこからなんとか抜けるために特殊な仕事を選び、ギリギリの線まで自分を追い込んで生活していることがわかってきた。というより、いまの生活から脱落すればまた以前の環境に戻るしかない、という状況なのである。「もし体調が戻らず、いまの生活が続けられなくなったらどうしよう」という焦りが、さらに症状の悪化を招いていることは確実だった。

「なるほど。よくわかりました。あなたはなんとかいまの生活を続けたいんですよね。だとしたら、いまはとにかく完全な休養をとり、コロナで疲れきった心身を一度ゆるめて休めることです。それができれば、必ず回復してまた前のようにがんばりがきくようになります。そうなるまでしっかり治療させてもらいます」

最終的に私はそんな話をして、症状や体質に応じた漢方薬を処方し、自宅療養が必要という診断書を書いて、再診の予約を取ってからお帰りいただいた。

そのあとの振り返りで研修医は言った。「あの人、結局、メンタル的な要素が強かったということですか。だとしたら、メンタル科への紹介がよかったのではないでしょうか」

積極的な発言に感心しながらも、私は「うーん」とうなってしまった。その男性は、私からは精神的健康度はとても高い人に見えたからだ。逆に「これほど過酷な環境で生育したのに、よく自分で道を切り拓こうという気になってここまでがんばれたな」とそのレジリエンス（回復力）の高さに感銘を受けたほどであった。

私は研修医にきいた。「もしメンタル科に紹介したら、どんな治療が行われたと思う？　いま抗うつ剤を出すことで彼の症状は治ると思いますか？」

それに対して返ってきた答えは、「そうですね……。薬が効くかどうかはわからないけど、話はきいてもらえるんじゃないですかね」。それに対して私は答えた。「そうですよね、彼の場合、本人がうつ病というんじゃなくて、彼を取り巻く環境が厳しいから追い込まれているわけでしょう。だとしたら、抗うつ剤の服用で解決する問題じゃないですよね。それに……」

研修医は「え？」という顔をした。「それに、話をきいて励ますことなら、精神科医じゃなくてもできるでしょう」

もちろん、精神科医は「無条件の積極的関心」などを柱とするカール・ロジャーズの唱えた傾聴法などを学ぶので、より専門的な〝聴き方〟はできるかもしれない。しかし、この男性のようにもともと精神的な健康度が高く、現在、明らかな重症のうつ状態や錯乱状態などに陥っているわけでもないケースの話なら、専門的トレーニングを受けていない一般の医師でも十分にきけるはずなのだ。私は研修医に伝えた。

「ここは総合診療科だからもちろん、患者さんの全身的な診察や必要な検査を行って、診断推論により除外診断を行って正確な診断に近づいていくのが必須なのだけど、患者さんというのは〝世に棲《す》む人びと〟なんですよ。だから、その人のからだの中で何が起きているかだけではなくて、その人がどういう状況、環境に囲まれて生きてきたのか、いまどんな生活を送っているのかという外の問題にもちょっと気を向けられる医師になってほしいですね」

研修医にはもともと私が精神科出身ということは伝えていなかったので、「はい」と言いながらも表情は微妙であった。「全身倦怠感の主訴で考えられる疾患を10個あげてください」などと言われるかと思いきや、「患者さんがどんな環境に囲まれているのか」と外の話をされてちょっと拍子抜けしたのかもしれない。「メンタル要因が強いと診断がついたらすみやかにメンタル専門医に送るのが総合診療医の役割だろう」と思った可能性もある。

総合診療科の外来にいると、いつもこの問題を考えさせられる。「メンタル科に送らなくても、ここで診られる心因性の不調もあるのではないか」ということだ。実際にこれまで初診の患者さんの何割かは、その生育歴や生活の背景を少しだけ時間をかけてきき、「たいへんでしたね」「それは心配になりますよね」と共感的なワードであいづちを打つだけで、2週間後の再診では「あれから痛みは一度も出ていません」「症状がウソのように消えたんですよ」と語った。逆に言えば、これまで何か所もの医療機関を受診しても、そういった言葉をかけてもらった経験が一度もなかったということだ。

そんな話をしたら、ある人に言われた。「精神科出身のあなたが〝内科やかかりつけ医でもこころのケアができます〟とレクチャーすればニーズはあるかもしれないけれど、精神科医が仕事を失うことになるんじゃないの」

そんなことはない。精神科を標榜《ひょうぼう》しているクリニックや総合病院の外来は、躁うつ病、発達障害、高齢者の妄想性障害や認知症などの初診の予約がどこも数か月も取れないほど、受診希望者が殺到しているときく。だから、いわゆる心身症にあたるような「ストレスが原因でからだに不調が出現しているケース」に関しては、内科や総合診療科で心身両面にわたってのアプローチをしてもらえたら、と精神科医たちも思っているのだ。「内科医もできるメンタルケア」を勉強するドクターが増えることを願っている。

〔3〕たまには医者が患者になることも大切

☆返答のバリエーション

医療従事者のひとりとして考えさせられる体験をしたので、個人的な話になるが記してみたい。

先日、自分自身のちょっとした健康上の問題により、患者として大きな病院を受診するという経験をした。印象的だったのは、職員のマナーの良さだ。看護師や医師はもちろん、放射線技師、臨床検査技師、受付など、誰もが笑顔で丁寧に接してくれる。身だしなみも満点だ。採血ひとつするにも、「今日、担当しますサトウです」などときちんと名乗ってゆっくり一礼してから始めるのには驚いた。高級ホテルに来たかのようだ。

ただ、当然のことながらすべてがガイドライン化そして電子化されているので、ちょっとした融通もきかない。たとえば、結果の説明に来るようにと言われても、へき地診療所で働いている私は現在、丸一日休むのがむずかしい状況なので、「外来受付は午後3時までとなっていますが、午前中の仕事と移動の関係で少し遅れてしまいそうです」と頼み込まなければならない。すると、受付の担当者は柔らかな笑顔のまま「ご事情はわかりますが、受付は3時で終了です」と言う。「なんとか3時10分までには来られるようにしますので」と言っても、「ご事情はわかります。でも……」ともう一度、同じメッセージが繰り返されるだけだ。先方には何の落ち度も悪意もないのだが、よくできた接客アンドロイドと話しているような気になってきて、「いくら丁寧な物腰でも全然わかってもらえてないんだ」という失意が胸に広がった。そして次第に、そもそも病院に来てこうやって検査を受けていること自体、自分が弱くてみじめな立場に置かれているような気すらしてきた。

ところが、そのあと、ある部門でまったくそれらをすべて吹き飛ばすようなできごとが起きたのだ。

そこではおそらく私と同じ年代、つまり60代と思しき看護師が説明に来た。白髪を無造作に束ねており、その日会ったホテルのフロントにいる職員のような人たちとは明らかに雰囲気が違う。彼女は名乗るのもそこそこに話し始めた。

「あなた、時間の制約があるみたいね。もしかして看護師さんなの？　え、ドクター？　へき地で働いてる？　あらあら、それはたいへん。この日のこの時間に来られるかしら。むずかしい？」

私はそのざっくばらんな口調にホッとして、自分の事情を正直に話した。「実はその前の日は当直なんで、病院を出られるのが朝の8時、ここに着くのが早くても午後1時になりそうなんです。私の診療所、とても人手不足で。どうしたらいいですかね」するとそのベテラン看護師は、「うーん」としばし考えてから、「わかった。よし、こうしましょう！」と言った。そして、「到着したらまずこのフロアに行って手続きだけして、待ち時間のあいだにここで説明をきいて、それから……」とアクロバットのようなプランを授けてくれた。私は一生懸命メモを取り、「だいじょうぶ？　できるかしら」と私の顔をのぞき込む彼女に、「ありがとうございます！　これなら絶対大丈夫、本当に助かります！」と勢いよく答えた。まさに戦地に援軍が来てくれたような心境。私の胸からは先ほどまでの失意は消え、「よし、検査の説明を受けて解放されるまであとひと息だ」と晴れやかな気持ちで病院をあとにすることができた。

さて、ここまでの話を読んでどう思っただろう。

「言っていることはわかるが、そのベテラン看護師は院内のマニュアルを守ってないんじゃないか。みんながそんな勝手なやり方を取り始めたら、あっという間に秩序は崩壊する。やっぱり誰であっても一律に決まったルールを適用すべきだ」と思う人もいるはずだ。もし自分の医療機関の研修医がそういうことをしたら、私もそう指導するに違いない。

ただ、おそらく看護師歴40年にもなるであろうその人は、どんな場合も適当にマニュアルとは違う対応をしているわけではない。「ここまでなら融通をきかせても大丈夫。でも、これに関してはどうしてもルール通りにしてもらいたい」という見きわめができるからこそ、私に「じゃこうしましょう」と現実的なプランを提案してくれたのだ。

それは〝年の功〟というか、経験を積み重ねなければできないことだが、若手でもできることがある。それは、患者さんが語ったり訴えたりする個別的な事情に対して、なるべくあいづちのバリエーションを増やすということだ。

医療コミュニケーションのテキストには「わかります」「お察しします」「おつらいですよね」といったワードが書かれているが、窮地に陥っているときにそればかり繰り返されると、私がそうだったように「これはあくまで接客サービスであって、人間として理解してもらってるわけではないんだ」という疎外感を抱くことになる。それならむしろ、「え？　3時に来てもらわないと困るんですよ。3時以降、こっちも事務作業がいっぱいあるんで」などと否定的でも人間的な返答をしてもらう方がマシではないか、と思うくらいだ。

先のベテラン看護師は、来院時間に悩む私に「たいへんなのね。もしかして看護師さん？」と一歩、踏み込んだことを言った。これも「患者さんのプライバシーにかかわる質問はNG」といったマニュアルがあるなら、それに抵触するだろう。しかし、そう言ってくれたおかげで、私は「医者なんです。当直があるんですよ」と率直に事情を話せて、その先の展開もスムーズになった。もちろん、いきなり誰にでも「あなたは子育て中のお母さん?」「夜の仕事についてるの?」など立ち入った質問をすればよいというわけではないが、「時間が限られていて」と言う人に「たいへんですね」ではなく、「仕事で?　それともお家のことで?」と軽く質問するくらいなら良いだろう。

では、この「返答のバリエーション」を増やすにはどうしたらよいか。研修医にそう質問されたら、私はこう答える。

「小説を読むといいですよ」

それもドストエフスキーやスタンダールなどの西洋古典ではなく、会話の多い日本の現代小説やミステリーがよい。奥田英朗、角田光代、恩田陸、佐藤正午など〝売れっ子〟の中から自分がおもしろく読める作家を決めて、とくに会話のあいづちに注目しながら読書をする。それだけであいづちのバリエーションはぐっと増えるのではないか。

マニュアルやガイドラインは当然のことながらしっかり身につける。その上で臨機応変の対応やバリエーション豊かなコミュニケーションができるようになれば、患者さんの病気と取り組もうというモチベーションもずいぶん上がり、治療成績にも効果が現れるはずだと思う。

自分が大病院を患者として訪れるという経験から、医療コミュニケーションの極意のようなものを学ばせてもらった。やっぱりたまには医療の送り手ではなくて受け手、ユーザーになってみることも大切だ、と改めて思った次第である。健康を害してしょっちゅう受診するのは避けたいが、これからも機会があれば〝患者さん〟になってみたいと思う。

☆正しさよりも楽しさを

体重増加に悩んでいた芸能人の女性が大幅な減量に成功、というニュースをネットで見た。約4か月で25キロも体重を落としたのだという。それはすごいが、その前にはSNSに「ふらつき、めまいがひどいです」という心配な投稿もしていた。

体重の増えすぎは、世界中の多くの人たちにとって深刻な問題だ。とくに中年期以降の体重増加は、糖尿病や高血圧、心臓疾患などを引き起こしやすく、腰や膝などへの負担から痛みが出てくることもある。ただ、こころの問題を専門にしている私は、「とにかく体重を減らしましょう」と言うことにちょっと疑問を感じている。もちろん、先ほどの芸能人のように、急激な減量がからだの不調につながることもある。そして何より気になるのは、食べたいものをがまんして「体重が減ることだけが生きがい」になってしまうと、こころのバランスが崩れてしまうことがあることだ。

もう何年も前になるが、標準体重を大幅に超えているシニア女性に診察室で「血液検査の結果も良くないですよ。ダイエットしてください」と話したら、こんな答えが返ってきた。「夫に先立たれ、食事を作っても喜んでくれる人もいない。自分ひとりだとつい簡単なパンやおにぎりだけですませてしまう。それに甘いものを食べるのが唯一の楽しみなんですよ。これをやめてまで減量して健康に気をつかいたくないんです」

私は思わず「ごめんなさい」と謝り、「まず楽しみを見つけましょう。食事制限やダイエットはそれからでもいいですよ」と言ってしまった。内科専門の医者がきいたら「それじゃダメ。いますぐ減量させて」と言うかもしれない。でもやっぱり、「何のために健康でいたいのか」という目的がないのに、ただ「とにかく食事を減らして。血液検査の数値をよくしましょう」とすすめるのは、ちょっと違うんじゃないかと思うのだ。

かといって、投げやりになっての暴飲暴食はやっぱり問題だ。「それしか楽しみがない」と開き直らずに、ちょっとクールに生活を見直してもらいたい。これから良い季節がやって来る。散歩にハイキング、できる人はジョギングなんかもよいだろう。「食べるのは楽しい。でもほかにも楽しいことはけっこうある」。これくらいの気持ちですごし、気がついたら前よりちょっとスマートになっている。そんな〝ゆるゆるダイエット〟でよいのではないだろうか。私も「散歩のあとのアイスクリーム、3回に1回はオッケーだよね」とつぶやきながら、楽しくておいしい時間を大切にしている。

☆いつもより「ひとことおしゃべり」で

コロナ禍が始まってしばらくたった頃のお話。

以前、勤務していた病院に臨時で診療の手伝いに行ったときのことだった。久しぶりだったので、ドクターも看護師さんたちも私の顔を見ると「あ！」とちょっと驚き、それから笑顔になって「よろしくね」などと言ってくれた。それだけでこちらもうれしい気持ちになり、やる気が出た。

そのまま良い気分で仕事をしながら、気づいたことがあった。コロナの感染拡大で出社から再びリモートワークになった、という患者さんたちの顔がなんだかさえない。「リモートワークは出勤がなくてラクなんです」と言いながらも、「でも元気が出なくて」と首をかしげる。その理由は、この「あ！」や「よろしくね」の笑顔がないからかもしれない。

リモートワークではメールや画面ごしの会議などによる事務的なやり取りがメインとなり、あいさつはせいぜい終わったときの「お疲れさまでした」くらい。「今日は寒かったね」「日差しは春めいてきたけどね」などのちょっとした雑談もない。能率的だと評価する人もいるが、これではやはり〝こころの潤滑油〟が減っていくのではないだろうか。

では、どうすればいいのか。診察室で患者さんに言ってみた。「オンライン会議では、ちょっとだけ大げさに身振り手振りを交えて話すことにしてはどうでしょう。相手の言うことに納得できたら、『なるほど』と大きくうなずいたり手をパンと叩いてみたり。それから10分くらい雑談タイムを交えて、近況やお天気の話題などを話す。それも必要です」

その人は、「先生、どこかの会社の人事部長みたい」と笑いながら、「たしかにムダのなさすぎる会議は味気ないかも。でも私だけ突然そんなことしてもビックリされるだけ」と言った。たしかにその通りだ。

だとしたら、せめて仕事以外の場で、誰かの表情の変化に喜びを感じたり、ちょっとした雑談を楽しんだりするしかない。朝の散歩で犬連れの人を見たら「かわいいですね」と笑顔を交わしたり、花屋に寄ったときに「今年の桜は早いのかな」と短く会話したりするだけでも、ずいぶん気持ちがなごむはずだ。

そして家族同士でも、ちょっとオーバーに「このうどん、いつもよりおいしいね」「そういう色のセーターも似合うな」など声をかけあいたいものだ。それは気恥ずかしいという人は、顔を見たときに「おっ、おはよう」とにっこりする、ただそれだけでもいい。リモートワーク時代のこころの健康のためにも、お互いいつもより表情豊かにひとことだけおしゃべりに。私もリアルでもオンラインでも、なるべくこの「ひとことおしゃべりで」を心がけたい。

〔4〕健康情報　どれがホント？

☆認知症になっちゃいけないの？

新しい認知症の治療薬がアメリカで承認された、というニュースが世界をかけめぐった。実用化されるのはまだ先のようだが、当事者や家族からは早くも期待の声が上がっているようだ。

社会の高齢化が進む中、認知症は大きな問題になりつつあり、介護する人たちの負担も増えている。進行が抑えられ、生活がしやすくなる薬ができるとしたら、もちろん私も賛成だ。

でもその一方で、ときどき「老化って本当にいけないことなのだろうか？」という疑問も頭をよぎる。診察室にはよく「私、認知症になったのでは」と訴える人がやって来る。年齢はさまざまだが、たいていは60代以上だ。「どうしてそう思ったのですか？」ときくと、「最近、人の名前が出てこない。簡単な計算も間違うことがある」と言う。「私も同じですよ」と言いながら、簡単なテストをしても認知症の兆候は認められない。そう伝えても「もっとくわしい検査や脳のＣＴなども撮った方がよいのでは」と不安そうな人には、「若いときのような記憶力はもう戻りませんよ。でもその分、人生経験からわかったこと、深く考えられるようになったこともいっぱいあるはずです。自信を持ってください」と話す。それで納得してくれる人と、「別の専門家のところに行きます」と言う人とがいる。

いつまでも若くありたい。外見も体力も脳の働きも、「若いときと変わりませんね」と言われたい。それは万人の夢かもしれないが、だからといって「老いるのは悪」ではないはず。若さを上手に手放して、かわりにほかの〝人生の宝物〟を手にする。そういうこともできるはずと信じて。「今日も忘れものをしちゃったけれど、気にしない、気にしない」と自分に言い聞かせている私である。

☆健康情報は誰のもの？

有名な俳優や作家が「闘病中のため活動を休止します」と公表した文書をときどき目にする。理由として「体調を崩したため」としか書かれていないものもあれば、がんなどの病名やいま受けている治療を具体的に記しているものもある。がんであっても病名を告知するのがあたりまえの時代になったので、「入院して抗がん剤治療を受けている」といった言葉自体は、ある程度、日常的なものとなった。ただ、やっぱり「このあいだまでテレビで元気な姿を見せていたのに。早く元気になってほしい」とショックも受ける。

それにしても、自分の病名や治療の内容を公表しなければならない、というのはたいへんなことだ。健康診断の結果や病院のカルテに書かれている内容は、個人情報の中でもとくに厳密に管理されなければならないことになっている。私のような医者が「今度、ウチの病院にタレントのだれだれが入院して」などとペラペラしゃべったら、守秘義務という医師に負わされた義務に違反したことになり、場合によっては処罰の対象となる。

私自身、持病のアレルギー疾患が悪化して病院に通っていた時期があるのだが、まわりの人に病名を伝えるのがためらわれた。自分の知らないところで「あの先生、病気なんだって」と話されているかもしれないと思うと、なんともいえず暗い気持ちになった。そのとき、「病名や病状って大切に守られるべき個人情報なんだな」と身をもって知ったのだった。

しかし、俳優や作家となるとそうもいかない。自分の出演や連載を楽しみに待っているファンに対しての責任もある。だからこそ、「ちょっと体調が悪くて」だけですませず、病名や治療についてもきちんと公表しようとするのだろう。それはとても立派なことだが、「私にはとても無理」とも思う。

病気になったときに、周囲に自分の病名を伝えるか、そうしないか。伝えるとしたらどこまで具体的に話すか。これは現在でもとてもむずかしくてデリケートな問題だ。俳優や作家でない人は、すべてを明らかにする必要はない。それほど親しくない仕事先の人には、「胃腸の機能が落ちているみたいなのでお休みしますね」くらいでも十分ではないか。しっかり治療するためにも、医療現場での病名告知は必要だ。でもそれを自分から全部、公表する必要はない。健康情報や病気の情報は、誰のものでもない自分だけのもの。基本はこれでよいはずだ。

☆健康情報にご用心

大学に勤めていたとき、毎年、夏にシニアを対象にした集中講義の講師をしていた。

3日間、朝から晩までの講義はけっこうきつかったが、〝シニア学生〟たちはみな熱心なのでこちらも力が入った。

テーマはいつも同じで、「だましとウソの心理学」。私たちを取り巻くフェイクニュース、詐欺まがいのビジネス、カルト宗教、ニセ健康情報などについて、それにだまされるこころのからくりと対処法について説明するのだ。

いつもいちばん盛り上がるのが、受講者たちの体験談を披露してもらう時間だ。「必ずしも自分の体験ではなくて、まわりで起きたこと、何かで見聞きしたことでもいいですよ」と前置きをしても、多くの人は自分の話をしてくれる。大学の現役学生たちと違い、シニアは誰でもだまされそうになったりちょっとした被害を受けたりした経験があるのだな、といつも驚きながらも、率直に体験を打ち明けてくれる姿勢に敬意を覚えていた。

ある年の講義では、参加者がこんな話をしてくれた。個人情報がわからないように一部を変えて紹介しよう。

「数年前、大きな病気をして手術を受けた。その後、なかなか体調が回復せず、退院したあとも寝たり起きたりが続いた。医者は〝もう悪いところは取った。あとは気の持ちようだ〟と言ったが、どうにも具合が悪い。

それを知った友人や知人が、いろいろな民間療法をすすめてきた。お茶、サプリメント、特殊なジュース、中には何かの波動を出す装置の説明会に行こう、と言う人もいた。家族と相談して、その中のいくつかを試してみた。すると、ジュースがからだに合ったらしく、少しずつ回復してきた。いまではこうしてこういう講座にも出られるほどになった。私はそのジュースをすすめてくれた友人に感謝しているし、いまでも飲み続けている。西洋医学だけがすべてだとは思わない」

まわりの受講者も「へえ」と感心したような顔をしていた。私もまず「それはよかったですね」と言ったが、こころの中で「どうしよう」と困惑もした。そのジュースは「がんが消える」といった口コミでかなり流通しているが、高額でその販売法も強引だとときどき問題になる商品だったからだ。もちろんその受講者はそれ以上、「みなさんもぜひ飲んでみませんか」などと勧誘したりはしなかったので、私は「いずれにしても体調が回復したのはなによりです。ただ、ジュースの効果だったのか、時間の経過で自然に良くなったのか、そのあたりの因果関係ははっきりしないのも確かですね」とだけコメントした。

ほかにも受講生たちから、「先生は先ほど、化粧品に入っている成分のほとんどは皮膚の角化層から奥には浸透しないとおっしゃいましたが、私は皮膚のトラブルに悩み、どんな軟膏《なんこう》をつけても治りませんでした。でも○○入りのクリームを使うようになってから、明らかにお肌の調子がよいです。少々高いけど効果を実感してます」「長年、取れなかった腰痛が△△茶を飲み始めてから改善しました」といった体験談が続いた。もちろん、「高いお金で電磁波治療器というのを買ったけど、まったく効かなかった。だまされたんですね」といった苦い話もあったが、全体からは民間療法、代替療法は21世紀のいまも社会にかなり浸透しているのだ、と強く感じた。

そのことをなげいたり一般の人の医療リテラシーのなさを批判したい、というのが今回の主旨ではない。ただ、受講生の話をきいていると「最初から民間療法ひとすじ」という人はまずいない、ということもわかった。彼らはまず、近くのクリニックや市内の大きな病院に行って、標準的な医療を受けようとしている。その中で、どこかで「医療に失望するタイミング」

を経験しているのだ。先ほどの「手術後の不調がジュースで回復」の人なら、主治医に不調を相談しても「もう悪いところは取ったんだから」とあまり取り合ってもらえなかった、というのがそれにあたるだろう。

いま、新型コロナ感染症に罹患した人たちの後遺症が、医療・社会的な問題になっている。私の診察室にも何人かの患者さんがやって来たことがある。倦怠感、息切れ、からだのしびれ、痛みなど、いわゆる慢性疲労症候群や線維筋痛症などに近いような、あるいはうつ病から来る身体症状にも似たような、とらえどころのない全身の不調を訴える人が多い。

その人たちは入院加療を受けた病院の感染症科や呼吸器内科の外来でそれらの症状を訴えるが、当然のことながら「ウイルスによる肺炎はもう治っている」と言われる。「ウイルス性疾患の場合、回復に時間がかかることがあるのは、コロナに限ったことではない。数か月単位でゆっくり治しましょう。ストレスも溜めないように」と言われても、不安がつのるばかりだろう。そこで「心療内科にでも行ってみようか」とメンタルクリニックを受診してくれれば、まだ受容的な対応をしつつ漢方薬の処方などを試みることもできるが、この人たちを〝食いもの〟にする健康ビジネスが出てこないとも限らない。いまちょっと検索してみたら、すでに「コロナ後遺症に効果のあるサプリメント」といったふれこみで販売されているものがいくつもあった。今後、さらに問題のありそうな〝治療法〟が出てきて、後遺症に苦しむ人たちがわらにもすがる思いで高額な料金を払って利用する、ということもありそうだ。

私たち医者は、こういう状況を「本人の選択だから」と傍観していてよいのだろうか、といつも疑問を感じる。

もちろん、無理やり利用を止めさせたり「これはインチキだ」とビジネスの邪魔をしたりすることはできないが、「医療への失望」がきっかけで彼らが標準治療から民間療法へ移り、そこからさらに問題のある健康ビジネスの餌食《えじき》になってしまうのは食い止められるはずだ。

「もう悪いところはないはずです」ではなくて、「そうですか。まだおつらいですか。たいへんですね」と訴えに寄り添う。それだけでも「見捨てられていない」「先生も考えてくれてる」と患者さんが安堵し、症状が軽くなる場合もあるだろうし、「もう少しここに通って治していこう」と前向きな気持ちにもなれるはずだ。

コロナ感染者が増えれば増えるほど、そこから回復はしたが後遺症や長引く不調に苦しむ人も増える。そんな人が診察室にやって来たとき、医者は自分の専門にかかわらず、「後遺症？ある程度は仕方ないよ」とか「考えすぎじゃないですか。コロナだけの後遺症なんてまだ証明されてないですよ」ではなく、まずは「それはつらいでしょう」「さぞ心配ですよね」と共感してあげてほしい。逆に言えば、そんな単純なこともできない医療従事者がけっこういるのである。たいへん残念なことだ。

〔5〕医療のありかたを考える

2019年の秋は、「日本の社会はどうなのか。どうあるべきなのか」と大きなテーマについて思いがけず考えることが多かった。

ひとつのきっかけは、厚生労働省のワーキンググループが9月26日、全国の公立病院や日赤などの公的病院に統廃合を含めた再編の検討を求める、と発表したことだ。対象となったのは「診療実績が乏しい」などと判断された424病院で、その具体的な病院名までが公表されたため、自治体や住民、医療関係者に戸惑いが広がっている。今回の措置には強制力はないというが、対象病院には20年9月までに具体的な結論を示すよう、厚生省は要請するのだそうだ。

21年12月10日に開催された「地域医療確保に関する国と地方の協議の場」において、厚生労働省からこういった考え方が提示された。

国・都道府県で「第8次医療計画」(2024―29年度を対象)に向けた議論や準備を進めることとなるため、「再編・統合も含めた再検証」はもちろん、民間医療機関も含めた各医療機関の対応方針の策定や検証・見直しを「2022年度・23年度に実施する」こと、検討状況を定期的に公表することをお願いしたい――。

私の故郷である北海道は、全体で最も多い54施設がその対象になっている。市立旭川病院のような地域の基幹病院もあれば、町立別海病院、厚岸《あつけし》病院など道東の医療過疎の地域の病院、さらには利尻島国保中央病院のような離島の病院までが含まれている。それでなくても北海道では医師不足でへき地の病院が休診を余儀なくされたり、JRの廃線で高齢者の通院の足が確保できなくなったり、という問題が深刻になっている。この上でさらに統廃合される病院が出てきたら、住民にとってはまさに命の危機ということにもなりかねない。

北海道の友人からは、「あの病院がなくなったら父が人工透析を受けられなくなる」といった悲惨なメールが来た。一方、東京では、自由診療のアンチエイジング・クリニックなどが大繁盛しているというニュースもきこえてくる。「東京や大阪などの都会に住んでいたり、十分なお金があったりする人は、思う存分そのメリットを享受できる。でも、地方に住む人や裕福でない人は、どんどん切り捨てられる方向に。いまの日本って社会的弱者にやさしくない国になりつつあるのだろうか」と暗い気持ちになってしまった。

そんな中、中国から仕事で日本に来ている若い知人の話をきく機会があった。中国国籍で日本の大学、大学院を卒業した彼女は、いまは中国のIT関連企業で大活躍している。誰もが知るように中国のインターネット技術の進歩と普及はすさまじく、その中で「次のマーケットは?」と探りながらビジネスを展開している彼女の話は、とても刺激的であった。

ひと通りの話が終わり、その場にいたひとりが「ITではいまや日本より中国がずっと進んでいるんですね。そんな両国を見たあなたが考える〝日本の良いところ〟ってなんですか」と質問した。すると彼女はしばらく考え込んで、こう言ったのだ。

「そうですね、日本の良さ、それは弱い人にやさしいところです」

彼女の説明によると、いまの中国では「お金を稼げる人やビジネスで成功した人は評価されるが、そうできない人は〝敗者〟として誰からも目を向けてもらえない。たとえ病気になっても、お金がなければ良い医療は受けられないし、そうなった人は〝自分が悪いんだから仕方ない〟と思われて誰も同情しない。その人たちは不満や苦情を言うこともできず、いまの状況に耐えるしかない」のだそうだ。恐ろしいほどの競争社会、そして弱肉強食の社会となりつつある、それが現在の中国のようなのだ。

私はそれをきいてとても複雑な気持ちになった。公的病院統廃合の発表ひとつにしても、日本はいまや「自分のことは自分でなんとかすべき」といういわゆる自己責任社会になりつつあると思っていたが、中国から見るとまだまだ「弱い人にやさしい国」なのかもしれない。とはいえ、とても「それなら安心だ」とも思えないし、もちろん「中国を見習って競争を激化すべきだ」とも思えない。高騰する医療費はどこかで抑制すべきなのも、経済を活性化させるためにはある程度の競争が必要なのもたしかだ。必要なのは折り合い、落としどころだとはわかっているが、「そのポイントはどこにある？」ときかれても誰も答えることはできないだろう。

そして、とくに私たち医療関係者は、「われわれが目指すのはこういう社会」というビジョンがあった方がよいと思う。漠然と「北欧のように安心して医療や福祉を受けられ、中国のように目覚ましい経済発展、技術革新も実現できる社会がいいな」と望んでいても、そんなにうまくはいかない。やはり「私が目指す社会のあり方」をきちんとイメージしながら、日々の仕事や生活に取り組む必要があるのではないか。

もちろんそのイメージやビジョンは、自分の年齢や状況によっても変わってくる。私ももっと若い頃は、「まず最先端の医療をどんどん進め、一部の人が恩恵を享受した後で、その技術が一般にも普及していくのがよいのではないか」と思っていた。しかし、還暦間近になったいまは、「進んだ医療を一部の人が独占しても意味はない。それより地方やへき地に暮らしている高齢者も、ある程度はきちんと医療を受けられる仕組みを整えるほうがよい」と思うようになった。地方で暮らす親族やへき地で出会った人たちの顔が頭に浮かぶと、とても「医療を受けられない地域に住んでいるのは自己責任」などと言うことはできない。

日本は、社会的弱者に厳しい社会なのか、それとも十分にやさしい社会なのか。そして、より望ましいのは強者に先に進んだ医療などが行き届く社会なのか、それとも誰もが同じように標準的な医療や福祉を受けられる社会なのか。この問いについては、私なりにこれからも考えていきたいし、その答えがこれからの自分の医療者としての働き方にも直接、関係するだろう。読者の中には「自分はもうはっきりした答えを持っている」という人も多いだろうが、折に触れて「本当にこれでいいのだろうか」と答えの点検をしてもらいたい。それは、医療に携わる者としての義務でもあると思うのだ。

3章　高齢者、ワクチン、認知症、がんのこと

〔1〕こころの荷下ろしをして

☆人生いろいろありますよ

いまは主に小さな町の診療所で総合診療医として働いている私だが、毎日、患者さんから印象的な言葉をたくさんきいている。

ある日のことだった。80代後半の女性が診察を受けに来たので、血圧を測ったり聴診器をあてたりしながら、生活の様子についてもいろいろ質問した。夫はだいぶ前に亡くなったというので、「ご病気ですか」と尋ねると事故だったという。ここでくわしくは書かないが、それはかなりの悲惨さで、そのあと妻であるその女性は、相当、苦労したようだった。

私はもともと精神科医なので災害や事件でつらい目にあった人にもたくさん会ってきたが、こんなにもたいへんな話はあまりきいたことがなかった。「なんて返せばいいんだろう。〝それはつらかったですね〟といういつもの言葉では、とても足りない」とつい沈黙してしまった。「何か言わなければ」と焦っていたそのとき、彼女はきっぱりとした口調でこう言ったのだ。

「先生、生きていればね、いろいろありますよ」

私は「そうですよね」と深くうなずいた。そして、「でもたいへんでしたね。よくいままでがんばって暮らして来られましたね」と言葉を続けることができた。患者さんのひとことに助けられた思いだった。

生きていればいろいろある。

本当にその通りだ。とはいっても、人生にはつらいこと、悲しいことがあまりにたくさんあるので、「いろいろあるさ」と誰かに言われてもなかなか納得できないだろう。この女性のように自分でそう言えるようになるまでには、どれほどの苦労を重ねてきたことか。さまざまなことを経てようやくたどり着いた心境が、「生きていればいろいろある」なのだろう。

診察を終えたあと、ずっしりとした重みがこころに残った。「仕方ない」とあきらめるのでもない。「どうして私だけが」といつまでも誰かを恨むのでもない。歯を食いしばって生きてきて、「いろいろあった」とすべてを受け入れ、自分の人生をまるごと肯定する。そんな境地に私も達することができるだろうか。

「人生いろいろ」という歌が流行ったことがあったが、いろいろな人の人生があると同時に、自分ひとりの人生の中にもいろいろなできごとがある。その人にも、人生で起きたいろいろなできごとをときどきは噛みしめながら、毎日の生活をできるだけ楽しんでもらいたい、と願った。

☆思いがいっぱい

診察室でいつものように高齢の女性患者さんと話していたときのことだ。

血圧が少し高いほかはとても明るくて元気な80代のその人に、「毎日が楽しそうですね」と声をかけた。すると、「そう見える？　いろいろあるのよ、先生」という答えが返ってきた。少しだけきかせてもらうと、家族を失ったりお金の苦労をしたり、たしかにさまざまなできごとがあったようだ。私は言った。

「そうなんですか、元気な見かけだけで〝楽しそう〟なんて言っちゃってごめんなさい。よかったらこれから受診のときに少しずつきかせてくださいね」

すると、彼女はニッコリといつもの笑顔を見せた。

「先生、ありがとう。結婚でこの土地に来て60年以上、この胸の中にはいーっぱいいろいろな思いが詰まっているの。でも、全部話さなくてもだいじょうぶ。私だけの胸におさめておきたいものもあるし、このままでいいの」

このあまりに深い言葉に、私はただうなずくしかなかった。

いまは「カウンセリング」「傾聴」という言葉も一般的となり、悩みがあるときは専門家のもとを訪れて話をきいてもらう、というのも多くの人にとってあたりまえになりつつある。若い人たちはSNSなどを使って匿名でグチをこぼしたり、誰かの悩みに「たいへんでしたね」と共感を寄せたりして、上手に自分たちのこころのストレスを軽くしている。

ところが、ひと昔前までは違った。特に私がいるような地方の町では、友人などに気軽にこころの中を話すと知人や親戚に伝わってしまう可能性もある。また、実家からは「結婚したら嫁ぎ先ではとにかくがまんしなさい」と教わり、何があってもじっと耐えていた人も多いようだ。「この胸の中に、いろいろな思いがいっぱい詰まっている」というのは、私が出会った女性だけではないだろう。

「だいじょうぶ、このままでいいの」と彼女は言った。その強い気持ちにはこころからの尊敬を覚える。でも、すべてを胸におさめておく必要はない。これからでも、診察室という安心できる環境で「こんな苦労もしたのよ」と少し吐き出してほしいな、と私は思うのだ。

コロナの状況も少し落ち着きかけて、「コロナ禍の私はどんな風にすごしてきたんだっけ。これからどう生きていけばいいのかな」と改めて考えている人も多いと思う。胸にいろいろな思いがこみ上げてきた人は、信頼できる友だちや知人、ときには専門家などもうまく使って、季節ごとに〝こころの荷下ろし〟をしてはどうだろう。これ、おすすめです。

☆どんなときでも丁寧な説明を

先日おおいに反省したことがあったので、ここで話しておきたい。

それは、地元の老人ホームにコロナのワクチン接種に行ったときのこと。地域内の施設に出かけてのワクチン接種は、診療所の医師の大切な仕事のひとつなのだ。

大勢の入所者の中には、ワクチン接種についてきちんと理解できる人と、それがなかなかむずかしくご家族に同意を得て接種する人とがいる。入所者が集まるホールで、私と施設の看護師さんが全員に向かって「今日はコロナワクチンを打ちますよ」と言い、それからひとりひとりの体調を確認して接種を行う。

ほとんどの人の接種が順調に終わり、問題がないかを確認するための待機時間に、ひとりの高齢女性が私に声をかけてきた。「ちょっと。いましたのは何の注射だったの。どうしてしたの」

うまく伝わっていなかったのか、と驚いて、私は説明した。「新型コロナウイルスの感染症が流行っている、ってテレビのニュースでもやっていますよね。それを予防したり重くならないようにしたりするための注射です」。するとその人は、「ああ、それきいて安心した」と笑顔になった。

ワクチンの接種も早い人では5回目となり、私はこころのどこかで「もうわかってるはず」と思い込んでいた。また、ホームにいる認知症の方々には説明してもなかなか理解できないだろう、とも思い込んでいたかもしれない。でもやっぱり、基本はひとりひとりに対して丁寧に「これはこういう注射です」と話すべきだったのだ。

たとえ認知症があっても「ひとりの人」として尊重し、その人の立場に立ってケアを行う。高齢者ケアの分野では「パーソン・センタード・ケア」と呼ばれるこの考え方に私も共感していたのに、自分自身が実践できていなかったとは。なんだか情けない気持ちでいっぱいになった。

これは高齢者に限ったことではない。相手が子どもでも病気でも障害があっても、その人にかかわることは本人の立場で考え、まず本人に「こうですよ」と説明したり意見をきいたりする。これがあらゆる人間関係の基本だろう。なんであれ「本人抜き」はいけない。あたりまえのことを自分に言い聞かせ、それに気づかせてくれた高齢女性への感謝の気持ちでいっぱいになった。

（2）高齢者は薬づけ？

2021年から22年にかけて、毎月2回ほど、新型コロナのワクチン接種会場で手伝いをした。最初の頃の対象者は、主に高齢者であった。とくにはじめの2回ほどは、「75歳以上」のいわゆる後期高齢者への接種。私はもちろん、スタッフもまだ慣れておらず、接種に来る高齢者たちはもちろんはじめてのことなので、会場には独特の緊張感が漂っていた。

多くの会場がそういう仕組みだと思うが、実際の接種は看護師が行い、医師は主に接種前の問診と、接種後の体調不良者の対応にあたる。問診に使える時間はひとりに対しほんの2分程度なのだが、それでもいろいろな話をきくことができた。以下に記すのは個人情報に留意して内容にかなり変更を加えたものだが、話の核心部分は伝わるのではないか。繰り返すが、この人たちはみな後期高齢者で、中には90代の人も混じっている。

ある女性は、問診の席につくといきなりファイルにはさんだ写真を出して見せた。「これ、私の自慢の息子」。写真には、病室のベッドでからだを丸める中年男性が写っていた。女性が早口で語った話によると、息子には重い障害があり、ずっと家で世話をしていたが、体調が次第に悪化していまは施設に入所しているのだそうだ。「いろいろ、いろいろあったのよ。だからいま施設にいるの」と女性は涙ぐんだ。「いまはね、コロナで面会にも行けないから、息子の部屋の下まで行って、外から大きな声で名前を呼ぶの。でも、ワクチンを打ったらまた面会に行けるはず。だからすぐに申し込んで来たのよ」。私は、「必ずまた行けますよ。しっかり接種してもらってくださいね」と言った。

別の男性は、「いま飲んでいるクスリを教えてください」という問いかけに、自分で書き出してきた病歴一覧表を広げながら、説明を始めた。これまで血液のがん、肺がん、脳梗塞《こうそく》など、さまざまな病気を経験してきたという。「妻や子どもたちがね、一生懸命に看病してくれて、ようやくこの年までたどり着いたんだよ。もう悔いはないんだけど、ここでコロナになんかなったら、これまで世話をしてくれた家族に申し訳ないと思ってね」。その人にも、「そうですよ。接種すればコロナにかかる確率はかなり下がります。ご家族のためにもお願いしますね」と声をかけた。

ほかにも、「これまで注射で具合が悪くなったことは」といった問いかけから、「そういえば昔、満州にいたときに」など昔ばなしが始まることもあった。「私は元気なんですけど」と配偶者が病気で亡くなったときのことを語る人もいた。みな山あり谷ありの長い人生を生き抜き、コロナにも感染することなくこの日を迎え、「ここでかかってなるものか」と杖をつき、車椅子を押してもらい、会場にやって来ているのだ。ともすれば機械的になりがちな問診業務なのに、私は何度も胸がつまり涙ぐむ、という経験をした。

一方で、「これは問題じゃないか」と気づいたこともあった。それは、9割以上の人が定期的に医療機関にかかり、なんらかの薬を服用していることだ。いちばん多いのは降圧薬だが、ほかにも胃腸薬に高脂血症の薬、いわゆる「血液をサラサラにする薬」を飲んでいる人も多い。ほかにも痛み止め、睡眠導入剤、抗認知症薬、抗うつ薬がずっと処方されているケースも目立つ。持参したお薬手帳に何重にも折りたたむほどの長さの処方シールが貼られている、という人もめずらしくなかった。

さらに驚いたことに、そういう人の何人かに「○○のクスリをお飲みですが、○○病なんですね?」と尋ねると、「さあ。そう言われたことはない」とか「そういう症状はありません」という答えが返ってきたことだ。では、なぜその薬を飲んでいるのか……。もちろんワクチンの問診でそれ以上を追及することはなかったが、お薬手帳を見せてもらううちに、「もし私が主治医ならこれは出さないな」「これも止めるだろうな」と反射的に処方の整理やカットのプランが頭に浮かんでしまうほどであった。

もちろん、すべての薬が不要というわけではない。私も精神科の診察室では、症状に応じて抗うつ薬や幻覚・妄想に効果のある薬などを処方する。しかし、「ポリファーマシー（多剤併用)」はいまの医療の最大の問題、ということは私でも知っている。日本老年医学会のガイドラインは、とくに高齢者では薬の数が6種類を超えると有害事象の発生頻度が大きく増加するとして、多剤併用の危険性をうたっている。

精神医療の世界でも同様で、現在は「単剤処方が基本」ということになっている。私が若い頃は、「日中、抗うつ薬を2種類処方し、さらに抗不安薬を追加、寝る前には睡眠薬と熟睡のための別の抗うつ薬」といった凝った料理のレシピを書くかのような処方が名人芸のように言われていたが、多剤併用はふらつき、口喝《こうかつ》など有害事象のみを増やし、薬によっては依存の問題も生じ、その上、実際の効果はほとんどない、という恐ろしい事実がわかった。とはいえ、いまだに「薬を組み合わせて出すのは良い医療」と思い込んでいる医師もおり、ときには患者も「一種類だけでは不安」と訴え、なかなか単剤処方が実現しないという現実もある。

さらに精神医療の世界では、「実は多くの薬は効かないのでは」という衝撃的なレポートが相次いでいる。とくに抗うつ薬と抗認知症薬でその報告が多く、うつ病の治療では「基本は休養、そして運動と規則的な食事。抗うつ薬はよほどの場合でなければ処方しない」という方針に切り替える医者も出てきている。

〔3〕認知症薬の効果はあるの？

そんな中、2021年、日本のエーザイとアメリカのバイオジェン社が共同開発した抗アルツハイマー薬アデュカヌマブがアメリカのFDA（食品医薬品局）で承認され、世界的な話題となった。この薬は、従来のものとは作用メカニズムが異なり、アルツハイマー病の根本的な原因といわれる脳の神経細胞に付着したアミロイドと呼ばれる異常タンパクを取り除くことが認められているのだ。

それだけをきくと、「認知症を本質的に治す特効薬」というイメージがわいてくるだろう。実際にテレビのニュースでは、介護にあたる家族が「希望が見えてきますね」などと期待を語っていた。

しかし、この新薬の承認をめぐっては、さまざまな〝裏話〟が語られている。実は、脳の画像診断などではたしかにその異常タンパクは取り除かれているのだが、それが実際の臨床症状の改善につながった、というデータがほとんどないのである。いくら「これで病気の原因は取り除かれましたよ」と言われても、もの忘れなどの症状が良くならなければなんの意味もない。

老年精神医学が専門の精神科医・小田陽彦《はるひこ》氏（ひょうごこころの医療センター）は、毎日新聞の取材に対しこう語っている。

「アデュカヌマブは承認されないと思っていたので驚きました。統計的に有意な差が確認された方の臨床試験でも、プラセボ（偽薬）に比べて認知症の進行を少し遅らせただけの効果しかなく、進行が完全に止まるわけではありません。

確かに脳の画像検査で、Ａβの沈着量は画期的に減りましたが、肝心の認知症症状の進行抑制効果が微妙なので承認は無理だと思っていました」（「アルツハイマー病新薬　専門家『過剰な期待は危険』そのわけは」、毎日新聞、２０２１年６月15日付）

さらには、この新薬には一定の確率で有害事象が起きることも知られている。もちろん、どんな薬にもそれに伴う喜ばしくない作用はあり、使用によるベネフィット（有益性）とリスク（危険性）のバランスを考慮しながら前者が大きい場合に投与が行われるが、先の小田氏は言う。

「新薬の投与で劇的に認知症が改善されるならまだしも、脳に出血が出たり、むくみが出たりしてまでやらなければいけないほどの効果なのでしょうか。私なら自分の患者には勧めないと思います」

実は、ＦＤＡの諮問委員会では、２０２０年11月に専門家ほぼ全員が承認に反対するという意見を公表している。そして21年6月の承認後には、11人中３人が委員を辞任している。おそらく承認したことへの抗議とみられている。

では、日本そしてアメリカの専門家がここまで「ほとんど効果はない」と言っている薬がなぜ承認されたのか。もちろん、そこには「当事者や家族が待ちわびていたから」という理由もあるのかもしれないが、それだけではない。いまやグローバル化した巨大製薬会社の強力なロビー活動がその背景にあるのは、ほぼ間違いないだろう。

そしてこの薬が商品化されれば、今度はすさまじいメディアでのプロモーションが行われ、「認知症は治る病気になりました」「早期発見のためのプチ認知症テスト」といった広告、記事が大量に出稿されるに違いない。当事者や家族が出てくる感動的な動画がリリースされ、この薬を推す専門家たちによるシンポジウムや講演会などが一般向け、医療従事者向けに繰り返し行われる。「完全に元通りにはならないかもしれないが、ほかに特効薬がまだないなら、この薬に賭けてみたっていいじゃないか」という人たちの声で、先の小田氏のような科学的データに基づいた説明はかき消されてしまう。

「製薬会社、医者、当事者や家族。みながそれぞれのベネフィットを得ているのだから、もはや効果がどれくらいかなんて、厳密に気にする必要はないじゃないか。なぜ水をさすようなことを言うんだ」。そんな声さえ早くも聞こえてくる気がするが、本当にそれでよいのだろうか。少なくとも「たぶん効かない薬」を処方することに、医者は良心の痛みを感じないのだろうか……。

「やっとワクチンだ」と気持ちの高揚から頬を紅潮させ、接種会場にやって来る高齢者を見るたびに、「こんな善良でまじめな人たちを、過剰な薬づけでだましてはならない」と思う。しかし、どうすれば多剤併用や効果のない薬のカットを実現できるのか。自分の診療現場ではせめておかしな処方はしない、ということしかいまできることはないのだが、ついむなしい気持ちになってしまったのだった。

(4)「医療プロフェッショナリズム」を

いまではコロナワクチンを4回も5回も受け、「もういいよ」と思っている人も多いだろう。そういう状況では忘れそうになるのだが、日本のワクチン接種開始は、諸外国よりかなり遅れていた。もう一度、そのことを思い出しながら考えてみたい。

まず、日本でまだコロナワクチンの接種が始まっていなかった2021年はじめの話をしよう。

日本に留学経験があり、その後、中国の南京にある大学で教授になった中国人の友人から電話がかかってきた。

「新型コロナウイルスの日本での感染拡大を心配しています。あなたはもうワクチンを接種したのでしょうね?」

「まだですよ」と答えると、彼女は「えー!」と悲鳴のような声を上げた。

「どうして⁉ あなたは病院に勤めてるんでしょう? こっちの医療従事者はほとんど全員、受けてるのに」

私は、「日本ではまだ誰に対しても接種は始まっていない」と説明したのだが、彼女は「なぜ？」「信じられない」「早く受けて」と繰り返すばかりであった。

たしかに日本でのワクチン接種の開始は遅れていた。21年の2月5日、WHO（世界保健機関）は、新型コロナウイルスワクチンの世界の接種回数が1億400万回を超え、感染者の人数を上回ったことを明らかにした。ただ、接種はGDPの高いいわゆる先進国に偏っている、とWHOは懸念している。そして、日本は先進国であるはずなのに、少なくとも公式発表では接種回数はゼロのままだったのだ。

中国で接種が早々に始まったのは、ウイルスから病原性を消してその一部を使う「不活化ワクチン」という従来型のもので、日本が採用を予定していた新しい技術を用いたmRNAワクチンとは異なるとはいえ、東京オリンピックを予定していた日本でのこの大幅な遅れは問題だったのではないかと思う。

では、なぜ日本ではこれほどワクチンの接種開始が遅れたのか。

その原因は、国民側のワクチンへの忌避感情だとする説もあった。つまり、国民側の「だいじょうぶ？」という不信感だ。

大手通信社ブルームバーグは20年末、「ワクチンに警戒感根強い日本、普及後れの可能性─過去の薬害が影か」と銘打たれた記事を配信、国民に根付いたワクチン忌避の感情が導入を遅らせている可能性があると指摘した（https://www.bloomberg.co.jp/news/articles/2020-12-22/QLD98CDWX2PU01）。

この記事では15カ国を対象に実施した意識調査が紹介されているが、新型コロナワクチンの接種を希望する人はインドで87％、イギリスで79％だったのに対して、日本では69％にとどまっていたという。

さらにこのワクチンを忌避する国民感情の原因として、先述の記事は「過去に何度か起きた薬害とそのセンセーショナルな報道」をあげる。とくに子宮頸《けい》がんの原因となるヒトパピローマウイルス（ＨＰＶ）感染予防のためのワクチン接種における有害事象（ワクチンとは直接、関係ないことも含む、接種後のあらゆる好ましくないできごと）や副反応（ワクチンの接種が直接かかわる免疫の付与以外の反応）が大きな社会的関心事となり、ワイドショーなどでも取り上げられた結果、２０１３年、政府の専門家会議は「接種希望者の接種機会は確保しつつ、適切な情報提供ができるまでの間は、積極的な勧奨を一時的に差し控えるべき」という見解を出すに至った。この「積極的な勧奨の差し控え」という措置により、国民の中にいっそう「ワクチンは危険なのだ」という意識が根付いたことは否めないだろう。

つまり、新型コロナウイルスワクチンの接種開始を遅らせている犯人は、「国民感情」と「不安を煽る報道」ということになるのだろうか。

私はそれは違うと思う。

最大の原因、それは医師を中心とした日本の医療の世界で長く続いてきた「医療プロフェッショナリズムの欠落」だと考える。

ここからは医師である自分を責めるような話にもなるのだが、大事なことなので勇気を出して語ってみたい。

やや極端な言い方をすれば、ワクチンは「毒をもって毒を制す」という原理に基づいたラジカルな治療法だ。とくになんらかの病原性が残る状態のものを接種する「生ワクチン」では、そのウイルスが起こす感染症を軽微な形であれ経験するのだから、発熱やだるさ、発疹などが起きることもある。新型コロナウイルスワクチンに関しても、中国などが使っている不活化ワクチンや日本が採用予定のｍＲＮＡワクチンでもその安全性が１００％確立されているわけではなく、むしろ「何らかの副反応は必ず起きる」とさえ言われている。実際に日本での接種が始まる前から、痛み、だるさや頭痛、吐き気、軽度の熱発などの報告が各国ですでにあり、命にかかわることもある強いアレルギー反応、アナフィラキシーショックもごく少数だが起きていたようだ。そして何より、当時の世界にはまだ「コロナのワクチンを投与して1年がすぎた」という人は皆無であり、長期間が経過したあとに出現する副反応がないのかどうかは、誰にもわからない状態であった。

しかし、それでも多くの国はこのワクチンに賭け、接種を開始したのだ。

それは、コロナウイルスへの接触を完全に絶つ手立てはなく、たとえ感染しても重症化しないための免疫を獲得するには、ワクチンを使うしかないと考えられたからである。やや専門的な言い方をすれば、「社会全体で考えた場合、リスク（危険性）よりもベネフィット（有益性）の方が大きいから」ということになるだろう。

しかし、この「社会ではリスクよりもベネフィットが勝る」という言い方にこそ、日本の国民がワクチンの接種を警戒することになった原因があると思う。

〔5〕がんで「あとどれくらい生きられるの?」

朝日新聞デジタルの連載、緩和ケア医である大橋洋平さん自身のがん体験記「それぞれの最終楽章・足し算命」はいつもさまざまな示唆に富んでいた。その4回目では「余命」の問題が取り上げられていた(朝日新聞デジタル21年2月7日付)。

消化管間質腫瘍(ジスト)という希少がんが発覚し、手術したにもかかわらず肝臓転移が判明、大橋さんは主治医につい「治療しなければ、あとどれくらい生きられますか」と尋ねてしまう。主治医は「ジストのデータは十分でなく、見通しを具体的にと尋ねられても何とも言えません」と答え、大橋さんはそこに誠実さを感じる。

そんな大橋さんだが、患者を診る立場のときは診断、治療などについてはくわしく説明しても、「余命の告知は必要ない」と考える。それは、医師が答えられるのはせいぜいデータから算出した「平均余命」でしかないからだ。連載本文から引用させてもらおう。

実際「1年後に生きている確率は70%」と伝えると、「それで私はあとどれくらい生きられるの」と聞き返し、再度同じ説明をすると「だから、その頃私は生きてるの、死んでるの」と突っ込む患者がいます。医師は「説明が分からないのか」と思いがちですが、そうではありません。告げられる「私」には、「70％生きている」状態はありえず、生か死かのどちらかしか、つまり１００％か０％しかないのです。

これはまさしくその通りだと思う。私のいる精神科の診察室にも、がんを患い、通院している内科や外科でこの「平均余命」を告げられ、こころが傷ついたという人がやって来ることがある。彼らはその余命が短いから傷ついただけではなく、主治医があくまで客観的なデータをもとにした数字を繰り返すだけ、ということに傷ついているのだ。ある患者さんはこう言っていた。

「1年後、娘の結婚式があるのです。先生に私の余命は、ときいたら『1年後の生存率はデータでは41％』と言われました。じゃ結婚式は予定通りでいいですか、それとも早めた方がいいですかと、再度尋ねましたが、『ほら、このグラフ見てください。41％です』と。私が知りたいのはそんなことじゃないのに、わかってもらえなかった」

最近の医療はＥＢＭ（Evidence Based Medicine＝根拠に基づく医療）が主流となり、どんな検査、治療をするにせよ、その裏付けとなる科学的なデータや最新の知見を大切にすることになっている。もちろんこれは間違いではないのだが、とくに命にかかわる状況になれば、患者さんにとっては「母集団100万人の臨床研究での平均は」といった説明ではなくて、「あなたの場合、こうなると思う。だからこうした方がよいと私は考えます」という「100か0か」の話なのである。

ワクチンも同じだと思う。「1万人に接種して行った臨床試験で、接種した部位の疼痛《とうつう》が何%、発熱が何%、長期に残る倦怠感《けんたいかん》はごくわずかで何%」といった数字には実はそれほどの意味はなく、接種された人にとってはなんらかの有害事象や副反応は「出るか、出ないか」の二者択一しかないのだ。これは決して「社会全体のリスクとベネフィット」だけで割り切れることではない。

私は、日本では子宮頸がんワクチンで、接種を受けた人たちがさまざまな有害事象や副反応を訴えたときの医療従事者らの反応にも大きな問題があったのではないか、と考える。

このワクチンでは接種を受けるのは主に10代の少女たちなのであるから、少しでも問題が出れば、保護者は「受けさせるべきではなかったのでは」と罪悪感に苦しんだり、メディアも注目して報道しようとしたりするのはある意味、あたりまえだと思う。そこでとくに医師や医師の集団は、個別のケースに丁寧に寄り添い、救済や補償についてもっと講じてもよかったのではないだろうか。

しかし、私が見る限り、医師の多くは先のEBMの立場に依《よ》りすぎて、接種を受けるべき少女たちを「社会の集団」として見てしまい、「こういう副反応の報告はない。ワクチンに関係のない心理的な反応にすぎない」「社会全体のベネフィットを考えれば、一刻も早く接種を義務化すべき」といった態度をとり続けた。確率論で言えばそういう有害事象が出る頻度は限りなく低いにせよ、その少女にはそれが出たのであれば、その人や家族の訴えは尊重されなくてはならなかったにもかかわらず、である。

誤解のないように言えば、私はワクチン接種自体には肯定的な立場だ。

子宮頸がんにかかって手術や抗がん剤治療で苦しむ女性のメンタル相談に乗ることもあり、頸がんワクチンの接種でひとりでもがんになる人が減れば、とこころから思っている。新型コロナウイルスワクチンの接種も、医療従事者として規定の回数を受けた。

とはいえ、もし私にわずかな確率で生じる重い副反応が起きてしまったらどうだろう。そこで「10万人のうちの5人に入ってしまったか。やれやれ」とやりすごせる自信はない。症状に苦しみ、同時に「どうしてこんなことに」と悲しみや怒りの感情を抱くだろう。確率の問題ではなく、「私に副反応は起きるのか起きないのか」という「100か0か」の話なのである。

さまざまな資格の中でも、医師免許は特別な権利が与えられたものである。それを有していれば、手術と称して人体にメスを入れたり、服用量を間違えば命取りになるような薬を処方したりできるのである。しかし、当然それは「一方的に享受して終わり」という特権ではない。

医師は自分が有する専門知識をわかりやすく患者に説明したり、経験を生かして本当にその患者あるいは社会のためになると考えられる判断を下したりする義務を持つ。特権と引き換えに医師が社会とかわしているはずの〝契約書のない契約〟を遂行すること、それが「医療プロフェッショナリズム」だ。

この「医療プロフェッショナリズム」は比較的新しい概念なのだが、近年になって医学部教育にも取り入れる大学が出てきた。ただ、特に日本の医師のあいだではこれがまだ十分に確立しているとは言いがたい。

とくに今回の新型コロナウイルス感染症では、ツイッターを中心にSNSで「医クラ」（注・「医師クラスタ」という造語の略で、「クラスタ」は集団の意）と称される医師たちが、コロナの不安におびえる一般の市民を見下すような口調で〝専門知識〟を吹聴していたのが目についた。たとえば「熱があって心配だから検査を受けたい、もっと簡単に受けられるようにしてほしい」とツイートしている人に対して、「特異度99％で疑陽性が大量に出るPCR検査をやみくもにしろと言うのですか?」などと専門用語を連発して冷笑するような医師さえいた。繰り返すが、その人にとって知りたいのは「私はコロナに感染しているのか、いないのか」ということであり、特異度、感度、ベイズの定理といった統計上の解説はなんの意味も持たないのだ。

コロナワクチンが始まってからもこの状況は続いた。SNSやブログでワクチンを打ったあとの体調不良を「これは副反応ではないか」と訴える人たちに対して、「医クラ」の医者が「あなたが痛みで気を失ったからといって、国民全員へのワクチン接種をいますぐ中止しろと言うのですか?」といったこころない言葉を浴びせかけている場面を何度も見た。

コロナにかかるのも未知のワクチンを打つのも心配なのはあたりまえ。不安なのは当然だ。知りたいのは統計的データではなくて、「私に感染や副反応が起きるかどうか」なのだ。そのことを医療に携わる人間は、もう一度、考えてみてほしい。

もちろん私もそのひとりとして、いつも自分に「目の前の患者を〝この病気の集団のひとり〟として統計的に処理しようとしていないか」などと問いただしながら、臨床を続けていきたい。私が「医療プロフェッショナリズム」を持てているかどうか、読者のみなさんにも文章からチェックしてほしい。

4章　へき地診療医として働く

〔1〕なぜむかわ町へ来たのか――中村哲さんを偲んで

☆中村哲医師の死から

２０１９年、医者であり平和や人権が守られることを願うひとりの市民である私にとって、あまりに大きなできごとが起きた。

そのできごととは、中村哲さんという医師の死だ。

中村哲さんについては、多くの人がその名前を知っているだろう。アフガニスタンで長年、医療支援を行ってきた医師であり、さらに最近は、現地で大規模な灌漑《かんがい》事業も行ってきた。中村さんの活動母体は非政府組織（ＮＧＯ）「ペシャワール会」で、ずっと現地代表をつとめてきた。私は中村さんと面識があったわけではないが、医師としてまた平和活動に携わる人として、彼をこころの底から尊敬していた。

その中村さんが、現地で移動中に武装集団に襲撃されて殺害されたのだ。さらに、運転手や護衛など同行していた現地スタッフ５人も銃撃で命を落とした。

同年12月4日、襲撃の第一報では「命に別状はない」と伝えられ、驚きながらもひとまず安《あん》堵《ど》した人も多かったはずだ。しかしそれから間もなく、襲撃を受けた場所から近い東部ジャララバードの病院から首都カブールの病院へ移送中に死亡した、と報じられた。

多くの著作を世に送り出した中村さんだが、そのタイトル『医者 井戸を掘る』（2001年、石風社）『医者、用水路を拓く』（07年、同）を見るだけで、その活動内容がよくわかる。もともとは医師としてアフガニスタンの医療支援に携わっていた中村さんは、あるときからその軸足を「水」、つまり灌漑事業に移すことになる。

中村さんの死去を受けて、日本経済新聞電子版はキャリアを変えるきっかけなどについて本人が語った2018年のインタビューを再掲した。そのタイトルは、「中村哲さん 聴診器をスコップに替えて」となっている。これもまた、中村さんの人生を端的に表現していると言えるだろう。(https://www.nikkei.com/article/DGXMZO52952760U9A201C1000000/)

2000年、アフガニスタンを大旱魃《かんばつ》が襲い、不衛生な水を飲むなどして多くの人たちが感染症にかかった。中村さんは診療に追われたが、栄養失調が重なって命を落とす子どもも少なくなかった。そこで中村さんは考えたという。記事から引用させてもらおう。

「医者としてやれることはやった。しかし『これでいいのか』との思いがつきまとう。自問自答の末の結論は『診療所で患者を待つ医療はすでに限界。清潔な水と食べ物がなければ命は救えない』。」

それから中村さんは一念発起し、「『百の診療所より1つの用水路』を合言葉に全長25キロの灌漑用水路の建設を計画」したというのだ。もちろん土木や建築の経験や知識はないが、独学で設計図を描いて重機を運転した。水がやって来た土地には植物が生え、農業も始まった。衛生状態が改善し、仕事によって経済も潤えば、住民の健康状態は当然、良くなっていく。「聴診器をスコップに替え」たのは確かだが、中村さんは医師としてのつとめも立派に果たしていたわけだ。

☆「エビデンスなき医療」とは

一方、国内の医師たちはどうだろう。最近、ネットでは「血液クレンジング」という言葉が注目を集めた。これは本来医師が行う医療処置なのであるが、その目的は疾病を治すことではなく「健康増進」「老化防止」だ。具体的には静脈血を100～150ミリリットル採取し、そこに酸素分子（O2）より酸素がひとつ多いオゾン（O3）を投与する。静脈血は酸素を全身の細胞にわたしたあとなので色が黒っぽくなっているが、オゾンと結合することで赤々とした色を取り戻す。それを再び体内に戻す、というのが「血液クレンジング」だ。

医療にとくにくわしくない人でも、これは静脈血が酸素と結合して赤くなっただけであり、何か特別な「クレンジング」を受けたわけではない、というのはわかるだろう。また、体重50キロの人で体内には4リットル、つまり4000ミリリットルもの血液が流れている。献血のときには一般にそのうちの400ミリリットルを採取するのだが、この「血液クレンジング」はわずか100～150ミリリットルに酸素を付与するだけであって、それを体内に戻したところで血液全体にはなんの影響も及ぼさないはずだ。

今回、これがネットで注目されたのは、有名ブロガーやタレント、女優などが、「私も血液クレンジングで自分メンテナンスしています」「気分がスッキリしました」「カゼを引きにくくなったみたい」などとその効能も含め、SNSで発信していたからだ。それに対して何人かの医師が、「血液クレンジングには十分なエビデンス（医学的なデータの裏付け）がないので、有名人が効果をうたうのはやめてほしい」と警鐘を鳴らしたのだ。

実は、内科や皮膚科、婦人科など標榜《ひょうぼう》している診療科名に関係なく、この「血液クレンジング」や、やはりエビデンスに乏しい「高濃度ビタミンC点滴」、「酸素カプセル療法」などを健康保険を使わない自由診療で行うというクリニックが、いま全国で増えている。それはなぜなのか。もちろんクリニック側は「患者さんに少しでも元気になってもらいたいから」などと説明するが、おそらく本音は「医療者側の手間がかからずにできて」「危険も少なく」「それなりに高額だから」であろう。たとえば「血液クレンジング」なら一回20～30分で1万2000

〜1万5000円、しかも採血を少し多めにしてオゾンと混ぜてあとは点滴の要領で血液を戻すだけだから、医師ではなくても看護師ができる処置だ。同時に何人も一緒に行うこともできる。なにせ「エビデンスに乏しい＝効果がない」のだから、逆に有害事象つまり副作用の心配もほとんどない。

やや辛辣《しんらつ》すぎる表現をあえて使えば、毒にもクスリにもならない〝安全〟な施術だが、「血液クレンジング」なら血液の色が鮮やかな赤に変わる、など視覚的効果などはそれぞれ強くあるので、受けた側はいかにもすごい治療をやってもらった気になる。そして、心理的な効果によって、「元気になった」「頭の霧が晴れたみたい」「カゼも引きにくい」などと勝手に健康回復や疾病予防を感じてくれるのだ。

これまでも標準的な医療を行っている医師たちは、こういったエビデンスに乏しい自由診療での点滴やサプリメント投与などを、非常に冷めた目で見ていた。仲間うちが集まる研究会や学会では、「あれって〝ニセ医療〟なんじゃないの。よく良心がとがめないよね」などとかなり踏み込んだ批判をしあうこともあった。

しかし、これはある意味、医療の世界の〝悪しき伝統〟とも言えるのだが、医師はほかの医師がやっている治療や唱える健康法などに対して、よほどの危険が伴うものではない限り、表立っては口出ししない。「賛成はできないが、その医者がやりたければやればいいし、患者さんも受けたければ受ければいい」というスタンスで、スルーする人が圧倒的に多かったのだ。

ただ、情報化社会であまりにも多くの医療情報が飛び交うようになり、どう見ても患者さんにデメリットを与えるような発言を繰り返す医師も出てくる中で、「黙ってはいられない」と立ち上がる医師も出てきた。たとえば日本医大武蔵小杉病院腫瘍内科の勝俣範之教授は、著作や講演、さらにはSNSでさかんに「正しいがん情報の見極め方」を発信している。そこでは、「がんは放置せよ」などと主張する医師の名前をあげて批判することも臆《おく》さない。

医師たちによる「『血液クレンジング』批判」も、そんな変化の中で起きたことと言える。ただ、実際にはこういった「エビデンスなき医療」はすでに世に蔓延《まんえん》しているとも考えられ、いまさら「この療法は効果ありません」と一部が声を上げたところで、この流れが止まるとは考えられない。そしてこの背後にあるのは、やはり「医療にまで広がる市場原理主義」だ。「簡単で儲《もう》かる医療をやって何が悪いのか」という声には、誰も抗《あらが》うことができないのが現実なのである。

☆「儲かる医療」が正しいか

しかし、市場原理経済に呑み込まれているのは、何も民間クリニックやそこを運営する医師だけではない。国全体の医療を司る厚労省も、「儲かる医療が正しい」という価値観に侵食されているかに見えるのだ。

２０２１年９月、厚労省は25年までに「再編統合の必要性について特に議論が必要な公立・公的医療機関等」として、全国４２４の医療機関の実名を公表した。ちょうどこの年に団塊の世代が75歳を迎えて後期高齢者になるので、その前に赤字が膨らむ公的病院に手を入れ、医療費抑制を図るのがねらいと考えられる。

また同年12月17日に政府は、病院再編・統合を促す地域医療構想を進めるため、病院が病床を削減する場合に「ダウンサイジング支援」として20年度だけで84億円の国庫負担補助金を交付する、と発表した。「病床を減らすための支援金」というのはすぐにイメージできないが、すでに設備投資が行われて赤字が出ている分の補填《ほてん》など、「病床を減らすに減らせない状態」に陥っている病院には喉から手が出るほどほしいお金だろう。

ただ、この「公表された４２４の病院」がどういう基準で選ばれたのかが問題なのである。これらの病院は、厚労省の委託を受けた民間シンクタンクが、病床稼働率やこれまでの赤字額などから機械的に計算を行った結果、選定されたのだ。

その病院がある地域の特性、どういった患者を扱っているかなどの個別の事情が、まったく考慮されていない。そのため、これらの病院のある地域からは、「このあたりにある唯一の人工透析ができる病院なのに。ここがなくなったら生きていくことができない」「過疎地の有床診療所なので患者数が少ないのは当然。でも地域の命綱となっている」など、住民の悲鳴のような声がきこえてくる。

医療を市場経済原理に照らしあわせて考えて、「稼げない病院は統廃合」とナタを振るうことは、そのまま「弱者切り捨て」に直結する。それは、多くの医療倫理の綱領や憲章に記されている「すべての人に平等に医療を行う」という項目にも抵触するものである。

☆私は〝ペンを聴診器に持ち替えよう〟

中村哲さんは、「聴診器をスコップに替えて」アフガニスタンに用水路を建設し、結果的に住民の健康改善にも貢献することになった。

しかし日本の医師たち、さらには厚労省までもが、「聴診器を計算機に替えて」、「いかに多くを稼ぎ出すか」という考えにとりつかれているようだ。医療がこれでよいわけはないとわかってはいても、「資本主義の世の中、理想論やきれいごとばかり言っていられない」という途方もない〝資本主義リアリズム〟――この言葉はイギリスの批評家マーク・フィッシャーの同名の書（２０１８年、堀之内出版）から取ったものである――の中、それに抗う有効な言葉を私たちは持てずにいるのが実際のところだ。

日本から遠く離れた地で、市場主義経済からは解き放たれた医療と人道支援を実践していた中村さんは、道半ばで凶弾に倒れた。ただその悲劇によって私たちは改めて、「こんな生き方をした日本人がいるのだ」という事実を目の前に突きつけられることになった。

——それでよいのか。あなたはいま握りしめている計算機を、預金通帳を、別の何かに持ち替える必要があるのではないか。

私たちはそう問われている。とくに医師である私には、その問いはあまりに切実でさらに切迫しているように感じられた。

そして、私は決めたのである。

——そうだ、これからは私も医療の原点に戻り、本当に医療を必要としている人に自分の経験やスキルを届けよう。そして、少しでも正しいと思える医療、お金のためではなく人のためだと思える医療を行おう。

中村さんは、聴診器をスコップに持ち替えた。

私は逆に、大学での教鞭《きょうべん》や東京のメディアでのペンを、聴診器に持ち替えようとしたのである。

そう考えた私は、2022年春から、北海道勇払《ゆうふつ》郡むかわ町にある「むかわ町国民健康保険穂別診療所」の医者として働いている。その年の3月までは立教大学現代心理学部教授を務めていたが、大学に無理を言って早期退職をさせてもらっての転身だ。しかも、医療職としては精神科医として臨床を行ってきたので、現勤務先での総合診療医（あるいはプライマリ・ケア医）というのもはじめての経験である。

私の転身の理由はいくつかあるのだが、ここではちょっと〝ネガティブな理由〟について話したい。それは、「大学教員や精神科医としての能力不足を切実に感じたから」というものだ。60歳をすぎて大学の学生たちとの年齢は開くばかり。また、精神科医としても都会で働きづらさ、生きづらさを抱える人たちを支えているという自信がなくなってきた。ここ数年、そんな悩みを抱えていたのだ。

実は、一時は教育や医療の世界から完全にフェードアウトすることも考えた。でも、「こんな自分でもまだ必要としてくれるところがあるのではないか」という未練がましい執着も捨てきれず、医療過疎の地に赴くことにした。地域には申し訳ないが、そういう場所なら「いないよりはマシ」と思ってくれるのではないか、と思ってしまったからだ。

実際に穂別診療所に着任してからは、予想されたことではあるが、緊張の連続、苦労の連続で、まだとても「『いないよりはマシ』と思えてもらっている」とさえ実感できない。それどころか、「こんな医者ならいない方がマシ、と思われているのでは」と感じることさえある。

当診療所は私より年下ながら総合診療のベテランのきわめて優秀な医師が所長を務めており、仕事の大半はいまもその人がこなしている。所長は人格も円満で、いつも笑顔で私を励ましてくれているが、内心では「こんなことならひとり体制でやっていた方がよかった」と思っているのでは、と罪悪感で胸がいっぱいになる。

さて、ここからはそんな綱渡りのような日々で感じたことを、ひとつ、ふたつ書かせていただきたい。

（2）医療過疎地で気づいたこと

☆精神医療は道内どこでも〝医療過疎〟

当診療所は苫小牧市、千歳市から60キロ離れた山奥にある。診療所が位置する「むかわ町穂別」は、約20年前までは「穂別町」という独立した自治体であったが、「鵡川町」と合併していまの形となった。ちなみに町役場などがあるむかわ町の中心部と穂別は40キロ程度離れており、生活していて同じ町という実感は持ちにくい。穂別の人口は2500人弱で、地域内には23時に閉まるコンビニがひとつ、食料品店がふたつなど、生活インフラは不十分ながらひと通りそろっている。ただ、気軽に外食できる飲食店はほとんどない（ランチのみの営業の店が2軒、何日も前に予約しておけば開けてくれる店が2軒ほどはある）。

穂別は周辺が山や林、農地に囲まれたいわば孤立地域であり、車を少し走らせれば店があるということもない。外食の店や夜中も開いているコンビニに行こうと思ったら、片道1時間の運転を覚悟しなければならない。また12月に入ったとたん気温が零下10℃になり、1月、2月はさらに冷え込むという。

ここまで穂別の不便さ、孤立の程度を強調するように書いたが、それには理由がある。これほどまでに悪条件がそろった当地であるにもかかわらず、毎週、何人か「精神科の診察をしてくれるときいて」とやって来る初診の患者さんがいるのだ。

その人たちは地区内や40キロ離れたむかわ町中心部、その周辺の町からやって来るだけではない。苫小牧市や千歳市、さらには札幌市や富良野市など、中には道東の何百キロも離れた町からこの診療所を訪れる人もいる。また、その人たちは決して私を名指しして来るのではない。「とにかく穂別には予約なしですぐに診てくれる精神科医がいるらしい」という、どこから流れたのかもわからない情報に触れ、意を決して何時間もかけて自らあるいは家族が運転して穂別を目指す。

その人たちの事情をきいて驚くのは、現在、北海道内の都市部では精神科クリニックや病院の精神科外来は初診の予約がきわめて取りづらいのだという。「3か月待ち」はふつうで、毎月、決められた予約受付日に電話をかけても話し中でなかなかつながらず、つながったときには「半年後の予約はいっぱいになりました。また来月の受付日におかけ直しください」という自動アナウンスが流れる、という話をしてくれた人もいる。

さらに、「そもそも周辺にメンタル科そのものがいっさいいない」と語る人も少なくない。不眠や軽いうつ病は、その町の診療所のプライマリ・ケア医が診て処方をしてくれるのだそうだ。もちろん、総合診療医としては研修医以下の私は内科薬などでもっと拙い処方をしているとは思うが、それでも大量のベンゾジアゼピンやハロペリドール系の薬が処方されているのを見て、「地元の先生も良いお薬、出してくださってますよ」とは言えずに沈黙してしまったこともある。

こういう経験を毎週、重ねるうちに、「北海道は精神医療に関しては、都市部、郡部限らずに医療過疎なのではないか」と思うようになった。もちろんこれは、それぞれの地域で熱心に精神保健福祉に取り組んでいる人たちには失礼なもの言いであることは承知しているのだが、それでも「精神医療を必要としている人が実際にアクセスできていない」というのは事実であろう。ただ、その点に関しては、私はもはや精神医療の場に身を置く人間ではないので、何かの改善策を提示することもできない。私にできるのは、地元の人たちの診療やコロナ検査、ワクチン接種の合間に、「どうしても急いで診てもらいたくて来ました」というメンタル相談希望者に割く時間をどう捻出し、その人たちを地元の専門医療機関にどうつなげるかを日々、考えることだけだ。

☆過疎地だからこそ実現する全人的ケア

若い頃、わが国における心身医学の祖である池見酉次郎《ゆうじろう》先生の著作や論文をときどき読んだ。池見先生は日本プライマリ・ケア連合学会などでよく「地域の実情に即して、保健、予防、治療、リハビリにわたる包括的な医療を行うといったところに重点を置き、個々の患者の体と心と生活環境をふまえた全人的な診療を行おう」と全人的ケアの必要性を訴えた。その池見先生がこの全人的ケアのパイオニアとしてあげていたのが、イギリスの精神科医であるM・バリントである。

バリントの名前は、私のような精神医療に関係していた人間には精神分析家として知られている。私も中井久夫先生が訳した『治療論からみた退行―基底欠損の精神分析』（2017年、金剛出版）を読み、バリントは「精神療法や精神分析の名門タヴィストック・クリニックのスタッフだったんだ」と思っていた。ただ、その後、バリントがその有名医療機関を辞したことは知らなかった。池見先生の学会講演から引用しよう。

「彼が、それまでの地位を捨てて、ロンドンの一開業医となり、他の開業医たちとともに、全人的医療を考えるグループ・ワークを開始したのは、全人的医療を最も必要とし、その成果を最もあげうるのは、実は、第一線の開業医であることに気づいたからだと思われる」

「患者の病気について体だけではなく、心や生活環境を含めたより深いレベルで『病める人』そのものを理解する」というバリントの唱えた「全人的ケア」は、日本では「バリント方式の医療面接法」や「バリント・グループワーク」の名とともに一部の医療従事者たちに熱く支持されたが、その後、残念ながら爆発的な広がりには至らなかった。私自身、そのことを久々に思い出したのは、この医療過疎の地で仕事を始めてからだったのである。

先ほども触れたように、むかわ町穂別地区の人口は２５００人弱だ。周辺には数十キロにわたって医療機関がまったくないため、住民のほとんどは一度は当診療所を受診し、カルテが作られている。中には何十年来とこの地で暮らし、カルテに人生の健康上のイベントがほとんど記録されている人もいる。またそこには、血液検査の結果やレントゲン画像だけではなく、結婚や子育て、介護や親の看取り、さらには配偶者との死別などについての記載もあるだろう。

また、当診療所の事務部門は、役場の当地域の保健福祉課と〝ルームシェア〟をしている。これは職員の人数が限られているためと、合併前の穂別町町長に「医療と福祉を地続きに」という「ビジョン」の持ち主がいたためと言われている。

そうすると、たとえばこんなことが起きる。高血圧症で通院している高齢独居女性Ｐさんがいたとしよう。診療所を受診したＰさんは、診察室で「家で測っても血圧は落ち着いているんだけどね、だんだん歩くのがしんどくなってきて、食事の材料を買いに行けなくなってきたんだよ」と話す。それをきいた私は、降圧薬の処方は前回と同じに行ってから、席を立って3メートルほど離れた事務室に入って、保健福祉課に向かって言う。「Pさん、もう買い物がしんどいんですって。どうにかできないでしょうかね」。すると、そこにいる保健師の誰かが、「Pさん、私も気になっていました。担当しているQさんのお姉さんで、2年前に夫が亡くなったんですよね、たしか。ではまず配食サービスを使えるようにしてはどうでしょう」と即、応じてくれる。そして、Pさんに保健福祉課の相談室に移動してもらって保健師と手続きを進め、その日のうちに今後は食事が宅配されることが決まる。

このように、診療所の医師はカルテにより、保健師ら地元の職員はコミュニティーのつながりにより、「この人は誰か」がすぐにわかるようになっている。ここでは誰も匿名ではいられないのだ。そして、Pさんの例で示したように、医療と福祉がシームレス（切れ目なし）につながっており、利用者はまさにワンストップで双方のサービスを受けられるようになっている。さらに、これが地域のケアハウス、老人ホーム、あるいは保育所や学校、もっと言えばお寺や葬儀サービスの事業所などともつながっており、住民は何かをするときにいちいち別の建物の窓口を尋ねたり、どこかに連絡して「さあ、それはウチの担当ではありませんね」と冷たく断られたり、というストレスをほとんど感じずにすむのである。

もちろん、ここで「バリントの全人的ケアを実践しよう」などと思っている人はいない。それどころか自分たちが何か特別なことをしている、と意識している人さえいないだろう。誰もが「知り合いのあの人だからやってあげなきゃ」「ほかにやる人がいないから私がなんとかしてあげなきゃ」というくらいの気持ちで、自然に超領域的なケースワーキングをしているのである。

ただ、それはいいことばかりではない。

まず私自身、「自分が誰か」がわからなくなる。周囲40～50キロメートル四方にある医療機関はこの診療所ひとつなので、内科や小児科はもちろん、外科、皮膚科や耳鼻科などありとあらゆる疾患、問題を持った人たちが訪れる。当地の摂食障害、不登校などメンタルケアが必要な若い女性や児童もやって来る。「私の専門は違うので」とか「それは診療所じゃなくて役場に相談してください」などと言っている余裕はない。

そうなると、自分が何科の医師なのかだけではなく、医師なのか看護師なのか、はたまたソーシャルワーカー、保健師、あるいはケアマネやスクールカウンセラーなのかわからないような日々を送るようになる。さらに2022年はついにこのへき地にもコロナの大波が押し寄せ、着任して間もない頃から、日常の外来診療の合間に大量の発熱者の診察や検査をこなさなければならなくなり、「これじゃただの〝検査マシーン〟ではないか」と思えるような日もあった。

さらに、住民の側にもデメリットはある。いつどこに行っても匿名ではいられないという鬱陶《うっとう》しさ、プライバシーが守れない、などがそれだ。東京の病院では患者は診察室に番号で呼び入れられるが、ここでは医師や看護師が大声でフルネームを呼ぶ。赴任当初、「プライバシーのためにも番号にしませんか」と提案したら、職員たちから「顔を見るだけでみんな誰か丸わかりなんだから、意味ないですよ」と笑われた。「あの人、今日受診してたよ」「なんだかいろいろ検査して、点滴までしたみたい」というのを隠すことは無理なのだ。

あるときなど、地区内の出先で倒れた人が救急車で搬送されてくるよりも先に、その家族が「救急車で運ばれたらしいときいたので」と診療所にやって来たことがあった。救急車に乗るところを目撃した誰かが、「ちょっと、あなたのところの旦那さん、こうだったよ」とその人に連絡したのだろう。そして、救急車での搬送となれば来る先はこの診療所と決まっているので、家族が「これはたいへん」とやって来た、というわけだ。私は、患者を乗せた救急車が到着するのを家族といっしょに待つ、というはじめての経験をした。

ただ、そういった匿名性が保てない不自由さよりも、いまは「なんだ、バリントが後半生を賭して広めようとした全人的ケアが、ここではとっくに実現されているじゃないか」という驚きの方が大きい、というのが事実だ。ときにそれが、思いがけないほどの「医療の喜び」にもつながる。ひとりの患者さんのこれまでの人生の話をきかせてもらい、その人が生きているコミュニティーを知り、〝一生のおつき合い〟をさせてもらっている、という実感があるのだ。高齢者には「重い病気になっても都市部の病院に行きたくない。どこにも送らないでね。ここにいた方がずっと安心だもの。大きな病院で検査や手術を受けて少しばかり長生きしたってしょうがない、このままここで一生を終えたい」と望み、その通りの最期を迎える人も少なくない。その気持ちもなんとなくわかる。

医療、福祉、介護そしてコミュニティーがシームレスにつながることで実現する全人的なかかわり。これはへき地、過疎地だからこそ実現していることであり、都市部では不可能なのだろうか。このことを考えるのが、これからの医者としての私の課題になりそうだ。

〔3〕穂別の暮らしと医療

☆私は北海道が好き!

北海道生まれの私だが、人生のうち40年近くを東京ですごした。そこでずっと感じてきたことがある。それは、「東京をはじめ全国の人たちは、北海道民が思っているよりずっと北海道が好き」ということだ。

出身をきかれて「北海道」と答えると、誰もが「いいですね」「うらやましい」と反応する。中には、尋ねてもいないのに北海道に旅行した思い出や、「老後は北海道に住んでみたい」という夢を語り出す人もいる。

また、都内のデパートで定期的に開催される「北海道物産展」はいつも盛況だ。ソフトクリームやラーメンが食べられるコーナーには行列ができていて、「わざわざ1時間も並ぶの?」と道産子の私はビックリ。同時に「北海道って愛されているんだな」とうれしくなる。

私がいま働いている診療所がある穂別は、実は恐竜ファンの〝聖地〟でもある。2003年に見つかった化石（尾の骨の一部）が恐竜のものであると判明、13年に本格的な発掘が始まり出土されたほぼ全身の骨格から新種の草食恐竜とわかった。19年には「カムイサウルス・ジャポニクス」という名称がつけられ、東京の国立科学博物館の「恐竜展」で全身化石と骨格模型がお披露目されたのだ。そのため、すでに多くの知人から「一度、穂別博物館に行きたいと思っていたので」と〝来訪予約〟の連絡が来ている。

さて、道民は全国、いやもっと言えば世界から北海道に寄せられているこの熱い視線を、どれくらい実感しているだろうか。残念ながら、「あまり気づいてない」と言わざるをえない。これは北海道に限らないとは思うが、住んでいると意外にその魅力に気づかず、「冬は寒いしどこに行くにも遠いし」と北海道にマイナスの気持ちを抱いている人も少なくない。「自分の地域は良いところではない」という気持ちは、知らないうちに自分へのマイナス評価にもつながりかねない。実際にこの地で何人もの口から、「東京の人はすごいですよね、それに比べて北海道なんかにいる私は時代に乗り遅れているかも」といった自信のない発言もきいた。

でも、それは間違いだ。むしろ全国の人が「北海道っていいな」「北海道で暮らせる人はうらやましい」と思っているのだ。もちろん、想像と現実には開きはあるが、この際、おおいに全国の人のあこがれを利用してみるのはどうだろう、と思うのだ。

「いいでしょう。自然はいっぱいだし文化的な面もあるし、もちろん食べものはおいしいし。北海道、最高！」

まずはそこに住む人たちがそう宣言して、笑顔で暮らす。北海道で生きている自分に自信を持つ。そこからすべてが始まるのではないか。

もちろん、自信を持ちすぎて「他の地域はダメだ」と比較して下に見たり、「北海道にいるだけで自分は偉い」と勘違いするのは良くない。それは「日本ってすごい。だから日本人の自分はすごい。他の国やそこの人たちはダメだ」という狭小なナショナリズムにもつながりかねない。

穂別診療所で働いていることを知った友人の中には、ごくまれに「なぜそんなところに？寂《さみ》しいでしょう。かわいそう」と言ってくる人がいる。そんなとき、私は必ずこう返事をする。「北海道も穂別もすごく楽しいよ。今度来てね！」これは決して強がりではなく、私の本音なのである。

☆キラキラの毎日

「これすごいじゃない、おもしろいね！」

東京の友人のあいだに笑いが広がる。週末に帰京したときの食事会で、いま勤務しているむかわ町で撮った写真を見せたときのことだ。写っているのは、同町の交通安全の旗。「交通安全」の四文字の下には、むかわ竜ことカムイサウルス・ジャポニクスの全身化石がプリントされているのだ。友人たちは、「交通安全と恐竜のホネって、まったくマッチしてないところが最高」「町の人たちはこれ見てなにも言わないの？」と勝手に盛り上がっていた。

私も穂別診療所に見学に来て、最初にこの旗を目にしたときは驚いた。ところが、そのときまわりにいた人たちに「恐竜が交通安全を呼びかけてるんですね」と興奮ぎみに言っても、「まあ、そうですね」とやけに冷静だった。この町では至るところにむかわ竜化石のポスターや旗があり、町民はすっかりこのデザインに慣れてしまっているということがわかったのは、この春、当地で本格的に働き出してからであった。

むかわ竜だけではない。住んでいる人にとっては「これがあたりまえ」と感じていても、他の地域の人から見るとめずらしくてうらやましいと思うことはたくさんある。とくに北海道は日本のほかの地域とは違う風景、気候、動物や文化がいっぱいで、本州や海外の人が「すごい」と連発するのも当然だ。

穂別に長く住んでいる人にそんな話をしたら、さらに驚くことを教えてくれた。

「このへんではちょっと前まで、石けり遊びの石がアンモナイトだったんだよ。あれ、形や重みが石けりにちょうどいいんだよね」

むかわ竜が発掘される以前から、海生爬虫類《はちゆうるい》やアンモナイトなどの化石が産出されることで知られていた穂別だが、まさか子どもたちが化石を蹴って遊んでいたとは。全国の博物館でうやうやしく展示されているアンモナイトしか見たことがなかった私にとっては、すぐには信じがたい話だった。ただ、その光景を想像していると、「これぞ古代の生きものと現代の子どもたちの共生だ」とほのぼのした気持ちになってきた。

きっとこれを読んでいる人たちの住む地域にも、「このへんではあたりまえ。でも、他の地域から見ると驚き」というモノ、人、食べものや生活の仕方などがたくさんあるはずだ。もう一度、外部の人になったつもりで、自分の日常を見直し、「なるほど。ウチの町もなかなかやるな」と思い直してみてはどうだろう。そうすると、なにげない日常がキラキラと輝いて見え始めるかもしれない。穂別でそんな「キラキラの毎日」を送れている私は、とても幸せだ。

☆「原則禁止」のうれしい悩み

私が勤務していた東京の診療所では、「患者さんから贈答品をもらうのは原則禁止」となっていた。いまはほとんどの医療機関がそうだろう。中には、「どうしても先生に受け取ってほしくて」と患者さんが置いていったお菓子や小物もすべて送り返す、というところさえある。「ちょっと徹底しすぎでは」とも思うが、それがいまのルールなのだろう。私もなるべく「気持ちだけありがたくいただきますから」と断るようにしてきた。

ところが、穂別診療所に来てから、その原則が揺らぎつつある。

とはいっても、受け取っているのは金品や高額の品ではない。患者さんが「これウチの畑で採れたので」「山菜採りに出かけたのでおすそ分け」と野菜などを持ってきてくれることがあり、それは「わあ、すごい」といただいているのだ。

ウドにニラ、トマトにきゅうり、ハスカップやあじうりなど。中にははじめて見る山菜もあり、そういう場合は食べ方も指南してもらわなければならない。みなさん親切に教えてくれるが、「あれ、今日って診察を受けに来たんだっけ、料理教室をしに来たんだっけ」と笑われたことがあった。私は「教室代も払わずに、診察代だけ払ってもらってごめんなさいね」と応じ、診察室内はしばし爆笑に包まれたのだった。

もちろん、厳格な人なら「自作の野菜や果物であっても贈答品にあたるから、受け取るべきではない」と言うだろう。自分でも「畑のトマトと商品券、線引きはどのあたりかな」と考え込んでしまうこともある。ただ、「先生、これ食べてみて。今朝採ってきたの」と新聞紙にくるまれ、差し出されるピーマンやインゲンを「お持ち帰りください」とつき返す気には、どうしてもなれない。

そんなことを東京の友だちに話したら、「それって町の人の親切にこたえたいから？　単純にその野菜がおいしそうで、食い意地に負けたからなんじゃないの？」と言われた。しまった、バレてしまった。たしかに穂別のきれいな空気の中、太陽の光を浴びて育った野菜は、どれも味が濃くて食べごたえ十分。「蒸した野菜だけでおなかいっぱいになる」という体験を、私は当地に来てはじめてした。

今週も、「収穫したけどちょっと形が悪くて出荷できないメロンを持ってきた」という患者さんがいた。「え、いいんですか。うれしいけど気をつかわないでね」と言いながら、ちょっと顔がほころんでいたかもしれない。いえいえ、決しておねだりしているわけではありません。原則はあくまで、「患者さんからの贈り物は受け取り禁止」。そのルールを思い出しては、ときどき差し出される野菜や果物を前に〝うれしい悩み〟を抱く私なのであった。

☆思い出は宝物

2022年夏から冬にかけては、北海道でも新型コロナウイルスが猛威を振るった。コロナ自体は20年から流行し始めたが、その数が激増したのが22年だったのだ。私が勤める穂別診療所でも、その年の8月半ばあたりから検査数、感染者数がいきなり増加した感がある。

多くの専門家が分析するように、夏休みやお盆で親族や知人に会う機会が増えたからだろう。このウイルスは強烈な感染力があるから、たとえ無症状でもウイルスを持っている人と会うとうってしまうことがあるのだ。

ただ、「お盆は人に会うからコロナになりやすい」というこの〝法則〟は、必ずしも全国であてはまるわけではなさそうだ。

週末に診療をしている東京の病院では、8月の半ばあたりから逆に感染者数が減ってきた。「どうしてかな。北海道と逆だ」と言うと、ある看護師さんがこうつぶやいた。

「東京では会社が休みでもお盆でも、とくに親戚で集まることも近所の家族で海に行くこともないし……」

そうか、都会には「休みはひとりで部屋にいるので、かえって人に会う機会が減る」という人たちが大勢いるのだ。考えてみれば、私もこれまではそうだった。大学の授業が休みの季節は、ひとりで図書館で調べものをするなどしてすごした。「今日は誰とも会話しなかったな」という日もめずらしくなかった。

それに比べると、こちらではお盆の親戚のあいさつ回り、子どもや孫が全員集合して宴会、地元の同級生が集まってバーベキュー大会など、人と人との交流がずいぶん盛んな印象だ。もちろん準備をしなければならない人たちはたいへんだし、「ひとりでいた方が気楽だな」と思う若者もいるだろう。とはいえ、「人と人との結びつき」が続いているのはやっぱり何にもかえがたい財産だとも言える。

コロナに感染するのは避けたい。でも、「人に会うのは良くないこと」というのは違う。検査に来て、「仲良くしている家族どうしでキャンプに行ったんです」と申し訳なさそうな顔で言う人に、こころの中で声をかける。

「それは楽しかったでしょうね。コロナになったのは残念ですが、その思い出は宝物ですよ。回復したらまたゆっくり思い出してください。そして、来年こそはコロナを心配せずに出かけられるといいですね」

私もこれから、夏は穂別で知り合った人たちとハイキングにでも行けたらな、と楽しみにしている。

☆穂別の冬をどう乗り越える

穂別に来てから、「人は自然の中で生きてるんだな」と思うことが多くなった。診察室では、「もう寒くなったね。ストーブつけてる?」「暗くなる時間が早いから次の診察は午前中に来ようかな」など、天候や季節に関係した話題がよく出る。

東京にいると、極端に言えば「夏も冬も、朝も夜もない生活」になりがちだ。冷暖房や照明で室内の環境は一定、24時間営業のスーパーや飲食店も少なくないので、切れ目なしに仕事をしてしまうこともある。忙しい患者さんに対応するため、「受付は午後9時まで」「日曜も診療してます」などとしているクリニックも目につく。私自身、夜10時すぎまで大学で会議や授業の準備、それから駅前のお店でカレーを食べて帰宅、というのがふつうだった。かつて、「24時間戦えますか」というCMのフレーズが話題になった栄養ドリンクがあったが、まさにそんな感じ。

穂別の雪景色

でも、そんな「24時間生活」が人間のからだに与える悪影響は大きい。睡眠不足、不規則な食事から来る体重変動、腰痛や頭痛、それらから生じる高血圧や糖尿病、自律神経の乱れがメンタル不調につながることもある。

そう考えれば、寒さを感じて「今年も冬が来るねえ」と季節をしっかり意識し、「早く暗くなるから布団に入るのも早めにしよう」と自然にあわせて生活リズムを変える穂別の人たちは、ずっと健康的なように思える。もちろん、冬の厳しさはしんどいかもしれないが、だからこそ春が訪れたときの喜びもひとしおだ。「いまって夏だっけ？　え、もう年の瀬なの？　全然、実感がないな」と思いながら暮らす都会の人たちが、ちょっとかわいそうに思えてくる。

2022年、穂別ではじめての冬を迎える前のことだ。患者さんたちからは、「先生、だいじょうぶ？　甘く見てるとたいへんだよ」とおどかされた。そう言われるとちょっと心配になりながらも、逆に「いやいや、私だってそんなに弱くはないのよ。元気に冬を乗り越えて見せるから」とファイトがわいてきた。そして、自分でも「やっぱりこの寒さには耐えられません」と泣きごとを言うかどうか、と楽しみになった。

さて、結果はどうか。

この先を楽しみに読んでください。

☆「毎日が雲海」

ある週末、東京での会合に参加した。昼休みに参加者のひとりが言った。「ここの会場、庭園が有名らしいから、ちょっと見に行きましょう」

参加者たちが連れ立って外に出ると、広い庭園には池やこんもりした小山まであり、なかなかの見ごたえだ。「東京はまだ緑が青々しているな」と大勢の見物客に混じって見ているときに、どこからか「シューッ」という音がきこえ、白い蒸気が立ち込めてきた。散歩を呼びかけた参加者が言った。「ここの名物の〝人工雲海〟ですよ。一定の間隔で人工の霧を発生させているんです。小山から見下ろすとなかなかの迫力ですよ」

ほかの参加者は「幻想的ですね」などと感心していたが、私は思わず笑ってしまった。山に囲まれた穂別では、季節に関係なく毎朝のように霧が発生するからだ。山にたなびく霧を見上げることもあれば、その霧が降りてきて宿舎のあたりまですっぽり包んでしまうこともある。残念ながら高所から霧を見下ろす機会はないが、ちょっと大げさに言うと「毎日が雲海」という感じだ。

もちろん、霧は単にきれいなだけではなく、視界が不良になる、外にあるものが濡れてしまうなどマイナス面もある。地面についた水滴が凍れば、農作物への被害にもつながる。

ただ、穂別にいれば自然にまわりにあるものを、東京ではわざわざ装置を使って発生させ、それをひとめ見ようと大勢の人が押しかけているのだ。「お金や時間を使ってまで霧が見たいなら、どうぞ穂別までいらしてください」とその場で宣伝したくなった。

穂別だけではなくて、北海道全体にとって憂うつな「寒さ」にしてもそうだ。東京の遊園地ではときどき「氷点下を体験してみませんか」というアトラクションが開催され、家族連れや若者が入場料を払って「マイナス10℃なんてはじめて！」と楽しんでいる。この人たちにも北海道ツアーのパンフレットをわたしたい、といつも思う。

私たちにとってあたりまえだったり、むしろ「イヤだな、不便だな」と思っていたりすることを、手間やお金を使ってまで「一度、見たい。味わってみたい」と望んでいる人たちが都会にはたくさんいる。そう考えるだけで、霧、極寒、道がガタガタ、スマホの電波が悪い、お店が少ないなど「ちょっと憂うつ」になりそうなことも、なんだか楽しいことのように思えてくるから不思議だ。今年は「厳冬のクリスマス」の写真を東京の友人たちに送って、おおいにうらやましがらせてあげたい。

☆エアロバイクをスコップにかえて

２０２２年11月。穂別についに冬がやって来た。

私が働く穂別は「寒いけど雪は少ない」ときいていたが、どうもそれは「豪雪地帯に比べれば」という意味だったらしい。週末にちょっと穂別を離れて戻ってくると、家の前の階段や玄関ポーチが雪に埋もれていて驚いた。意を決して雪に足を突っ込みなんとか玄関までたどり着いたが、夜も遅かったのでとてもそれから除雪する元気はないまま寝た。

翌朝、「とにかくあの雪をよけなければ出勤もできない」と納屋からスコップなどを取り出して外に出る。本格的な除雪をひとりでするのははじめてなので、何をどうしてよいかもわからないまま、とにかく道路までの通り道を急ごしらえした。

「ふう。これでとりあえずはなんとかなるかな」と家に入り、私はまたビックリ。「ハアハア」

と息切れがして腕や腰もなんだか痛い。時間にすれば10分ほどの除雪なのに、からだが悲鳴を上げていたのだ。ちょっと横になりたいくらいだったがそういうわけにもいかず、バッグを手に取って診療所に向かった。

穂別では毎日、ほとんどの時間を診療所内ですごしているので、どうしても運動不足になりがちだ。「なんとかしなきゃ」と秋にエアロバイクを購入し、1日20分ほどこいでいる。それだけで自分では「けっこうな運動量だ」と満足していたのだが、10分の除雪はその比ではなかった。また、室内の自転車こぎ程度で「体力もけっこうアップしただろう」と思っていたのも、うぬぼれにすぎなかったのだ。「自然と闘うにはすごいエネルギーが必要なんだ」と改めて思い知らされた。

スコップで雪かき

その日、からだの痛みや疲れに耐えながら診療をしている私の前に、90代の男性がやって来た。「調子はいかがですか」「まあまあだね。もう3回、雪かきしたよ。この冬もなんとかやれそうだ」。私は思わずその人の方に向き直り、姿勢を正してこう口にした。「すごい、立派です。私もがんばります」。男性は「そ、そうかね」と目を丸くしながらも、うれしそうにほほ笑んだ。

それから私は、エアロバイクにまたがる時間をスコップを持ち上げる時間にかえて、朝の雪かきに励むことになった。「これは天然のエアロビクスや筋トレだ。無料のスポーツジムで運動できるなんてラッキー」と自分に言い聞かせて雪と格闘していると、なんだか気分もスッキリしてきて、「今日もいちにち診療をがんばるぞ」という気持ちになっていく。

冬もなかなか悪くないじゃないか。そう思った。

☆こころの中の「運転の先生」

「東京時代といちばん変わったことはなに？」ときかれたら、迷わず「クルマの運転ができるようになったこと」と答えるだろう。

私は若いときに一度、自動車の運転免許を取ったのだが、あまりに運転が苦手で何度か怖い思いもしたので更新を止めてしまった苦い経験があるのだ。「いずれ地域医療の仕事がしたい。それには運転が必須だ」と再取得にチャレンジしたのはいまから何年も前だが、無事に取れたのはよいものの、それ以来、実際に運転はしていなかった。

穂別診療所への赴任が決まり、東京ではじめてマイカーを購入。何度か練習したがやっぱり苦手意識は変わらない。クルマとともにやって来た穂別では、なんとか診療所と宿舎のあいだはクルマ移動できるようになったものの、東京との往復のため新千歳空港まで行くのは〝夢のまた夢〟という状態が続いた。

「それじゃいけない」と気づかせてくれたのは、診療所で出会った80代の女性患者さんだった。最近、胃の調子が良くないというその人にいくつか検査をし、処方の調整を行い、私は言った。「これで少しは良くなるはずですが、今日、お家まで帰れますか。この住所だとバスですよね？」

するとその人は答えた。「いや、いつもクルマで動いているから。だいじょうぶ、運転して帰れますよ」

私は自分が医者であることを忘れ、思わず「運転しているんですか！　私、運転が苦手なんですよ、すごいですね！」と言ったのだが、その言葉をきいて彼女の表情がキリっと変わった。そして、それまでとは違う力強い口調でこう言ったのである。

「先生、苦手なんて言っちゃダメだ。運転は慣れだよ。ここでは運転できないと生きてけないよ。私だって気をつけながら運転しているんだから、先生もがんばらなきゃ」

その言葉をきいてから、私は本気で運転の練習を始めた。最初は10キロ先に行ってUターン、次は20キロと少しずつ距離を延ばし、ついに穂別から空港まで行けたときは、これまで味わったことがないほどのうれしさを感じた。

もちろんいまでも、完全に運転をマスターしたとは言いがたい。道路を横断するシカやキツネにもいつもひやひやする。「やっぱり向いてないかも」と思うこともあるが、そんなときにはいつもあの80代の女性患者さんの言葉がよみがえる。「先生もがんばらなきゃ」。その人のことは、こころの中で〝私の運転の先生〟と呼んでいる。

5章　やっぱり大切なのは「こころの健康」

いまはへき地診療所で総合診療医として〝なんでも屋〟をやっている私だが、そこにも精神科の診療を求めてやって来る人がいる。また週末はときどき、精神科医として東京都内の医療機関で診療を続けている。だから、完全に精神科医でなくなったわけではない。振り返ってみれば、精神科医になってから35年もの月日がたったことになる。

講演をすると、会場からはよく「精神科医を始めた頃といまでは、どんな変化がありますか」という質問が出る。答えはひとことでは難しいが、私の先輩が言っていた「山の高さは低くなったけど、裾野は広がった」というたとえを引用する。

私が精神科医の仕事についた頃には、「精神科の病は3つしかない」などと言われていた。ひとつ目は、「統合失調症」という幻覚や妄想が出たりする病気。ふたつ目は躁《そう》うつ病という気持ちが沈みこんでしまったり、逆に元気が出すぎたりする病気。3つ目は心理的な原因があって特定のことが極端にできなくなるなどの「神経症」で、対人恐怖症、高所恐怖症、閉所恐怖症などの種類がある。

その3つをきちんとおさえておけば、だいたいの診療はできるなどと言われ、若い頃は「内科の病気は何百、何千とあるのに、ずいぶんシンプルだな。でもわかりやすくてよかった」とひそかに思ったものだった。

それから長い年月がたち、統合失調症、躁うつ病、恐怖症などの病気は、いろいろな意味で治療がしやすくなってきた。薬物療法は格段に進歩し、さらに治療のためのリハビリプログラム、支援のための社会的制度も充実してきつつある。

たとえば、昔は統合失調症になると多くの人が学校や職場をやめたり、社会生活が営めなくなったりしていたが、いまはそういうケースはずいぶん減った。入院が必要なのもごく限られた場合だ。

ところがそれと入れ替わるように、それまで診察室にはあまり来なかったような新しいタイプの病気、さらには病気といってよいのかもわからないような人たちが診察室に来るようになったのである。

〔1〕精神科を訪れる人の移り変わり

1983年、「カーペンターズ（アメリカの兄弟ミュージシャン）の妹の方、カレン・カーペンターが32歳で亡くなった」という衝撃的なニュースが流れた。亡くなった理由は、「食事を摂《と》らない、ダイエットをしてやせているのにさらに食べようとしない」という拒食症になり、最終的には心臓発作に陥ったというもの。アメリカでは、拒食症や過食症といって「ダイエットをしすぎて命の危険があるのに食べようとしない」「ダイエットの最中、あるときから食べても食べても、食べるのが止まらなくなる。でも太りたくはないから、食べたものを自分で吐いたり、下剤を大量に飲んだりする」という不思議な状態の人がいるということが活字で伝わってきた。

そしてちょうどその頃から、日本でもそのような人たちが私の診察室にもポツポツ来るようになった。その多くは女性だったが、「ダイエットはいまでもしたい。でも食べてしまう。一度食べ出すとコントロールできない」と泣きながら訴える人も多く、「食品を買いに行ったりそれを食べたりしているのは自分自身なのに……それをやめられない、ということがあるのか」と当初は精神科医たちも理解に苦しんだ。

また、「リストカット（自分で手首などを傷つける）」という行為をする人もやって来始めた。それまでも、文学の世界には自分で自分を傷つけるような人は出てきたが、彼らはたいてい「生きていたくない。死にたい」という悩みを抱えていた。ところが、リアルで診察室に来る人たちは自分を傷つけているにもかかわらず、「死にたいわけではない」と言う。中には「生きていることを確認するために自分で自分を傷つけた。傷をつけて痛いと思っているとき、流れる血を見るときだけが生きていることを自覚できる瞬間だ」と言う。「私の気持ちをわかってほしくて傷つけた」と話す人もいた。「わかってほしいなら傷なんかつけずにちゃんと話した方がいいのでは」といった正論は通じない。診察室で話をきいている私もよく意味がわからない、と思うことが増えた。

さらに、不登校（当時は「登校拒否」と言われていた）、つまり学校に行かない、行けない子どもも診察室にやって来た。高校生を超える年齢になってもどこにも行けない人たち、「ひきこもり」も問題になった。彼らもまた、「学校はイヤとか行きたくないとかいうわけではない。学校には行かなきゃいけない。できるなら行きたいと思っている。でも朝になるとどうしてもからだが動かない」「仕事にも行けるものなら行きたい。好きで部屋の中にいるわけではない」と思い通りにいかないことの苦労をなげいた。

そして1990年代の半ば以降、いわゆる多重人格、医学用語で言えば解離性同一性障害の人たちが診察室に来るようになった。ある瞬間、まったく別の人格になってしまう。若い女性が野太い男性の声で乱暴なことを言い出す。あるいは子どものような甘えた口調で話す。名前をきくと、「オレか？　五郎だ」などと男性名を名乗ったり、「ミッシェル」と外国人名を名乗ったりする人もいた。彼らは元の自分に戻ると、人格が入れ替わっていたときのことは、全然覚えていない。この解離性障害の背景には、子ども時代の虐待などによるトラウマが絡んでいることがわかってきた。

そして2000年代になると、依存症の問題が深刻になった。昔は覚せい剤やシンナーへの依存だったが、いまは手軽に手に入る脱法ドラッグやカゼ薬など市販薬への依存も増えている。「ダイエットのサプリメント」と言われて違法な薬物を摂取してしまい、やめられなくなる人もいる。これら違法ドラッグはどんな種類があるのか、どんな成分なのか、依存というのはこころの依存なのか、脳の中に覚せい剤のように依存する仕組みができてしまっているのか、医者側の情報や知識が追いつかない。患者さんが口にするドラッグの名前を、あわててインターネットで調べることもある。どんどん新しい問題が出てきている印象だ。

〔2〕うつ病予備群の増加

私は2022年まで、精神科医の仕事と並行して大学で専任教員として働いていたが、そこで深刻だと感じたのは、「悩める学生」の増加だ。最初は卒論のテーマなどについて面談していても、次第に「自分には友だちもいないし、誰にも自分のことをわかってもらえないし、何のために生きているのかわからなくなる」などとメンタルの問題を話し出す人が少なくなかった。あるいは、「お母さんがうつ病で入退院を繰り返している。私はどう接したらいいのだろうか」と、自分自身のことではなく、家族のことで悩んでいる学生も少なくなかった。

さらに就職活動をしてなかなか内定先が決まらないとさらに自信を失って、「私はダメな人間です。生きている価値がない。みんなに迷惑をかけるだけ」とどんどん追い詰められていく学生もいた。

彼らは、決して「うつ病」などと病名がつく状態ではない。でも、だからといって「健康で元気な学生」とはとても言えない。いわゆる「グレーゾーン」ということになるのだろうが、「もしかするとこれがいまの学生のデフォルト（初期設定を意味するパソコン用語）なのでは」

と思うことさえあった。

学生たちばかりではない。いろいろな会合で「精神科医です」と自己紹介をすると、かなりの割合で「実は私もいろいろ悩んでいて、一度、精神科医と話してみたかったんです」とか「家族がいろいろたいへんでして」と打ち明ける人が少なくない。その時点で明らかに治療を受けた方がいいと思えば、「それはうつ病と診断されるレベルだと思いますので、お近くの心療内科に一回、行かれたらどうでしょうか」などと言えるが、多くの場合はいますぐ受診する必要はなさそう。「憂うつで自分らしく生きられていない。元気ハツラツで明るく前向きとはいかない。とはいえ、ときには少し気分が持ち直すこともあり、仕事や日常生活はなんとかこなせている」という人たち。これもまた「グレーゾーン」と言える。

ただし、先の学生たちでもこの人たちでも、もう少し何かのストレスが加わってしまったら、すぐに本格的なうつ病になってしまいそうだ。そういう意味で、「うつ病予備群の人たちが激増している」ということを肌身で感じることが増えた。これもこの20年ほどの印象だ。

統合失調症や躁うつ病なら、進化しつつある薬物療法でかなり治療が可能になってきた。

一方で、摂食障害、リストカット、トラウマに由来する解離性同一性障害、さらにはうつ病予備群には、これといった〝特効薬〟はない。彼らをケアするのは、精神科クリニックの医者なのか、カウンセラーなのか、あるいは学校の先生や会社の健康相談室のスタッフなのか、もしかすると理解あるパートナーなのか、民間のアロマテラピーや整体を行う人たちかなどもわからない。

そういう意味で、この30年あまりでメンタル疾患に関しては「山は低くなったが裾野が広がった」し、さらには「そのケアはますますむずかしくなった」とも言えるのだ。

では、どうすればいいのか。

これからいくつか、メンタルセルフケアについて考えてみたい。

〔3〕ショックは初期対応が大切

次に述べるのは、うつ病になった人たちの診療の経験から考えた、「うつ病の一歩手前でこうしていればよかったのでは」という生活のヒントだ。

まずひとつ目は、「何か起きた時にあまりうろたえない、あわてないこと」だ。もちろん何かイヤなことやショックなことが起きると、私たちはガクンと落ち込む。私もそうだ。たとえばメールボックスをあけて、友だちから「こないだのメールの返事は？　あなたっていつもグズグズしてるよね、もうちょっとテキパキしたらどうなの」というメールが来ているのを見てしまった。これだけでもショックを受けて、その日はごはんが喉を通らないかもしれない。そんなときには〝こころの応急処置〟が大切だ。

「ひどい！　どうしてこんなこと言われなければならないの。ショックだ」と正面から受けとめすぎると、私たちの脳は必死にフル回転し始めて、「大変だ、どうしよう。なんとかしなきゃ」と活動し始める。すると、なぜかこれまでに経験した同じようなショックなことやイヤなことの記憶が、脳から芋づる式に次々、出てきてしまうのだ。

友だちからのメールの傷つくひとことにより、「3年前にも別の友だちから似たようなメールが来たっけ」とか、さらに「10年前に職場で上司から同じ言葉を浴びせかけられた」とか「30年前に幼稚園の先生から〝あなたグズな子ね〟と言われた」とか、これまで忘れていたこともあっという間にリストアップできてしまう。同時にそのときのイヤな気持ちもまざまざとよみがえってくるので、落ち込みが二重三重にもなる。

それを防ぐためには、イヤな気分になったときは、なるべくその目の前の問題以外のことは思い出さないようにする、そのことだけで終わらせるようにすることが必要だ。先ほどのメールでも、「この人、家のことで苦労しているみたいだから、虫の居所が悪くてこんなメール送ってきちゃったのかな」と思えば、それ以上「私の何が悪かったんだろう」と考え込まずにすむ。昔のイヤなこともいっしょに思い出して、雪だるまのように落ち込みや悲しみを膨らませないようにするのだ。だからこころにグサッと刺さるような体験をしたら、まずは落ち着く、そして「前にもこうだった」などと脳がフル稼働しないよう、直後の応急処置をすることが大事だと思う。

具体的な方法として、私は診察室では、「何か簡単なおまじないを決めたらどうですか」とおすすめする。「大丈夫、大丈夫」「平気、平気」「いまだけ、いまだけ」などシンプルな言葉がよい。

それでもうまくいかないときに行うことは、「自分の実況中継」。「おっ、カヤマさん、かなり怒っております。いつもの感情を1とすると、今日は7、いやこれは満点の10に近づいているか？　大型台風並みの怒りです！」

スポーツ実況アナになったつもりで、自分をフィールドにいる選手に見立てて、なるべく数字も交えて言葉にしてみる。もちろん声に出して言う必要はなく、こころの中でブツブツ唱えるだけでよい。これで嵐のような感情はぐっとおさまり、「次にどうすればいいか」がかなり冷静に考えられるはずだ。

それでもダメなとき、感情が抑えきれなかったり、昔のイヤな記憶が泉から水がわき出るように出てくるときはどうするか。そういう緊急事態では、「1、2、3……」とひたすら数字を数える。このときのさらに効果的な方法は、数えるのと一緒にその個数なんかを頭の中で思い浮かべることだ。みかんやリンゴなど、「1」のときは1個、「2」のときは2個、とイメージすると、不思議なくらい感情がしずまることがわかっている。

こうやって、とにかく「ショックの応急処置」をすることで、その後のダメージが全然違ってくる。これが「うつ状態予備群」のいちばんの回避法だと私は考えている。

（4）日常のセルフケアで

☆とにかく自分をねぎらう

「ショックの応急処置」の話をしたが、日常的にやるべきセルフケアは、これまでも何度か著作などに書いてきたが、とにかく「自分に対して甘い点数をつけてあげてほしい」ということだ。うつ病に至ってしまう多くの方たちに「あなたの長所はなんですか。あなたの得意なことはなんですか」と質問すると、「とくにありませんね」「短所ばかりのダメ人間です」といった答えが返ってくる。

夜、布団に入って「今日はこれをやる予定ができなかった」「こんな失敗をしてしまった」と考えていると、良い眠りが訪れる訳がない。いまは誰もが、このたいへんな時代に毎日いろいろ工夫したり努力をしたり、生活費の工面をしたり、ときには我慢して言いたくもないおせじを言ったり、いろいろ苦労しながら毎日毎日をなんとか生き延びている。だから、床に入ったらぜひ「ああ、今日もなんとか一日を乗り越えて、こうして眠りにつく時間がやってきた。

何はともあれ良くやった。自分のからだよ、そして脳やこころよ、お疲れさま」と声をかけて、十分にねぎらってから寝てほしい。

「自分にきびしく」とか、「自分を甘やかすな」というのは、社会が人びとを守ってくれやさしくしてくれていた時代の話であり、いまはまったく違う。世の中が人びとにきびしいのだから、自分自身は自分に対していくらやさしくしてあげてもしすぎということはない。そう思うのである。

☆ひとに頼ること

私たちは、「ひとに迷惑をかけてはいけない」とか「ひとに寄りかかってはいけない」と思いすぎだ。このたいへんな時代、もう少しまわりの人にお互い弱みを見せてもいいのではないかと思う。うつ病患者さんの話を聞くと、「もう少し早い時点で誰かに相談して、問題を解決してもらったり助けてもらったりしたら良かった」と思う人がいる。彼らは、「ひとには迷惑をかけられないから」と誰かに会う時には元気なふりをしていて、最終的にうつ病になってしまうのだ。「ひとに弱みを見せたら負けだ」と思うのも間違いだ。「あの人って弱いんだね」と思われてもよいではないか。誰かの前で無理をしすぎる必要はない。

もし、誰かに頼られる側になったときはどうだろう。

ひとに頼られて何かをやってあげるのは面倒くさいことかもしれない。でも、自分に余裕があるときは、手助けをしてあげてほしい。「ありがとう、助かりました」と言ってもらえると、自分が生かされた、役に立てたという喜びで元気がわいてくるだろう。私たちのストレスや疲れが吹き飛ぶのは、やはり「自分が誰かの役に立っていることを実感する瞬間」なのだ。

何かあったらお互いに相談しあう、助けあう。「お互いさま」の精神を忘れてはいけないと思う。それは公的サービスの利用も同じだ。とくにいろいろな公的機関の相談窓口は私たちの税金で運営されているのだから、「使わなきゃ損」だ。少しでも「あれ、これ何かな、困ったな」と思ったら、恥ずかしいとか情けないとは思わずに、役所などの相談窓口を利用しよう。誰もが自分のことをすべては自分でできない複雑な時代だからこそ、専門家がいるしＮＰＯ（非営利組織）があるのだ。「相談窓口を使ってあげる」というくらいの気持ちで、公的相談機関で弱みを見せて頼ることも大切な社会の一員の役割だ。

☆終わりに

私たちにいちばん大切なのは、生活の中で知らないうちに自信を奪われてしまわないようにすることだ。自分で自分をねぎらい、気持ちを支え、ときにはひとに頼ったり力を借りたりして、自分自身を肯定すること。

自分に自信がなくなってくると、あっという間に社会のストレスが私たちに覆い被さってきて、「グレーゾーン」から本当のうつ病になってしまう。それを防ぐためには、まずは「これでいいんじゃないの。けっこう良い線を行っているよ。１００点とは言えないけれど、70点はやっている。がんばっている方だ」と自分に対して常に励ましの言葉、自分を認めてあげる言葉をかけ続けることだ。毎日を「今日も生きている」と自信と誇りをもって堂々と生きていってほしいと思う。

健康の秘訣、それはからだが病気にならないようにすることや病気があれば治すことも大切だが、何より大事なのは、「自分に自信を持って毎日を生きる」というこころの健康ではないだろうか。長年、精神科医をやって、そしていまへき地の総合診療医をやって、私は強くそう思うのである。

あとがき

アンチエイジング――この言葉が雑誌などで目につくようになったのは、いつ頃からであっただろうか。加齢（エイジング）に対抗（アンチ）する、というような意味だろう。

これ自体は悪いことではない。年齢にとらわれず、いくつになっても新しいことにチャレンジしたり、誰かに胸をときめかせたりするのは、豊かな人生を送る上でも欠かせないことだ。ただ、この「アンチエイジング」に「医療」という単語がつくと、ちょっとあやしくなってくる。アンチエイジング医療、つまり年をとらないため、あるいは若返りのための医療というのも最近、トレンドなのだが、そんなことができるのだろうか。そもそも、そんなことをする必要があるのだろうか。

精神科の診察室には、「老いたくない」という不安からパニック発作を起こしたりうつ病になったりする人がたまにやって来る。「更年期なんか来るはずがない」「体力が衰えるはずがない」と思い込み、ヨガやサプリメントなどを取り入れ、健康的な生活を送っていても、人は〝年相応〟に外見もからだの中も、そして脳も老いていき、変化が生じたり病気になったりする。これは生きものとしてごく自然なことであるはずなのに、そんな自分を受け入れられず、アンチエイジング医療を施してくれるという医療機関に駆け込み、高いお金を費やしたりそれでも不安になったりすることほど、つまらないことはない。

私は2022年春から、北海道むかわ町穂別という山奥の地区にある診療所で仕事をしているが、ここには〝年相応〟であちこち痛めたり病んだりしながらも、精いっぱい自分らしさを楽しんでいる高齢者がいっぱい暮らしている。ここにいると「老いも悪いものではない」どころか、「病むのも悪いことではない」とさえ思えてくる。

本書は、そんな私の医療観、人生観、そしてへき地での経験について、これまでいくつかのメディアに書いたものやこの機会に新しく書いたものを集め、テーマに沿って並べて作ったエッセイ集である。通して読んでいただくと、「老いも病も全部ひっくるめてあなたらしさ」という私の考えがわかっていただけるのではないだろうか。

また、この場を借りて、本書が生まれるきっかけの企画を作ってくださった株式会社リーブルテックの種田心吾さん、出版を引き受けて編集作業をしてくださった新日本出版社の久野通広さんにこころからお礼をお伝えしたい。

これからも、あなたがあなたらしくいられますように。

2023年桜の季節に　　香山リカ

香山リカ（かやま　りか）
1960年北海道生まれ。東京医科大学卒。精神科医・総合診療医。2022年よりむかわ町国民健康保険穂別診療所副所長。
著書に『もっと、自分をいたわっていい』（2021年）、『医療現場からみた新型コロナウイルス』（共著、2020年）、『大丈夫。人間だからいろいろあって』（2018年）、『「ポスト真実」の世界をどう生きるか——ウソが罷り通る時代に』（共著、2018年、以上新日本出版社）、『「いじめ」や「差別」をなくすためにできること』（2017年、ちくまプリマー新書）ほか多数。

老《お》いてもいい、病《や》んでもいい——「常識《じょうしき》」を捨《す》てたらラクになる

2023年5月30日　初　版

著　者　香山リカ
発行者　角田真己

郵便番号　151-0051　東京都渋谷区千駄ヶ谷4-25-6
発行所　株式会社　新日本出版社
電話　03（3423）8402（営業）
03（3423）9323（編集）
info@shinnihon-net.co.jp
www.shinnihon-net.co.jp
振替番号　00130-0-13681
印刷　亨有堂印刷所　　製本　小泉製本

落丁・乱丁がありましたらおとりかえいたします。

ISBN978-4-406-06752-2 C0095　Printed in Japan